プレイボーイ卒業宣言

リアン・バンクス 作
大田朋子 訳

ハーレクイン・ディザイア
東京・ロンドン・トロント・パリ・ニューヨーク・アテネ・アムステルダム
ハンブルク・ストックホルム・ミラノ・シドニー・マドリッド・ワルシャワ
ブダペスト・リオデジャネイロ・ルクセンブルク・フリブール・ムンバイ

FROM PLAYBOY TO PAPA!

by Leanne Banks

Published by Harlequin K.K., Tokyo, 2011

リアン・バンクス

　ＵＳＡトゥデイのベストセラーリストにも登場歴を持つ彼女は、アメリカのロマンス小説界でナンバーワンの売り上げを誇る人気作家の一人。現在、夫と息子、娘とともに、生まれ故郷のバージニアで暮らしている。コミカルでセクシー、かつ読み終えたあとも印象に残るような人物が登場する作品を好むという。そんな彼女を、超人気作家ダイアナ・パーマーも「ハーレクイン・ディザイアの作家陣のうちでもっとも優れた作家の一人」だと大絶賛している。

主要登場人物

ニコール・リヴィングストン……医療コーディネーター。
タバサ・リヴィングストン……ニコールの双子の妹。故人。
ジョエル……タバサの息子。
コンラッド・リヴィングストン……ニコールの父親。
レイフ・メディチ……クルーザー販売会社経営。
ダミアン・メディチ……レイフの兄。
マイケル・メディチ……レイフの弟。
マディー・グリーン……レイフの秘書。

プロローグ

午前一時。メディチ兄弟は新しい年を、スコッチとビリヤードを楽しみながら迎えていた。レイフは珍しく兄のダミアンに勝てそうなところまできていた。だが、弟のマイケルも僅差《きんさ》で追い上げている。

「これで終わりにしよう」そう言ったダミアンは、そそくさと球を突いてミスをした。

「新妻のところに帰りたくなった？」レイフは兄をキューでつついた。

「そろそろシャワーを浴び終えたところだろうな」ダミアンはめったに見せない笑みを口もとに浮かべた。「休暇なんだからちゃんと休まないと」

「兄さんがビリヤードでぼくを負かすより女を優先するようになるとは、思いもしなかったよ」レイフは的球をコーナーポケットに沈めた。

「おまえにはエマみたいな女が待っていないから、妬《や》いてるんだろう」ダミアンがやり返した。

レイフの胸の古傷がうずいた。タバサ・リヴィングストンとの悲惨な恋が終わって以来、女性に振りまわされまいとしてきた。次のショットで、レイフは手球をポケットに入れてしまい、小声でぼやいた。

「図星だったらしいね」入れ替わったマイケルがショットを決めた。「よし」弟は勝ち誇ったように言い、次に構えたが、結局は狙《ねら》いを外した。

ダミアンは腕時計に目をやってから、二人の弟の顔を交互に見た。そしてキューを置き、グラスを掲げた。「おまえたち二人が今年、エマの半分でもすてきな女性を見つけられるように」兄はスコッチをひと口飲んで、部屋を出ていった。

「じゃあ、勝ちはもらうよ」レイフは次もその次もショットを成功させた。さらに二度決めて、彼がゲームをものにした。

「おみごと」マイケルが言った。

「まあな」しかし、勝利の味は思っていた甘さからはほど遠かった。

「これからどうする?」マイケルがひまをもてあました様子できいた。

「ブラックジャックでもするか」レイフは言った。「二人とも愛には恵まれていないようだが、金もうけのほうはきっといけるだろう」

1

テーブルの端に置かれた新聞の写真がレイフの目を引いた。見覚えのある女性の顔。新聞を引き寄せ、改めて見た。誰かはすぐにわかった。タバサだ。

さまざまな感情が押し寄せ、レイフの胸は締めつけられた。前よりも濃いめの色になった艶《つや》やかなブロンドヘア、セクシーなブルーの瞳、男を狂わせるために造られたような肉体。タバサはその肉体を生かす術《すべ》を心得ていて、レイフは意のままに操られた。

「兄さんがサウスビーチを離れるくらいだから、今度の取り引きはかなり大きいんだね」マイケルの声がレイフを現実に引き戻した。

「上客がいれば出張もするさ。今度の客は高級クルーザーを二艇買ってくれたうえに、リース希望の友人が何人かいるんだ」〈リヴィングストン船舶〉の客を奪うことになろうと構わなかった。それどころか、タバサの父親を苦しめられるのが楽しくてたまらない。それは誰にも言えない秘密だ。「おまえのほうはどうだ？　仕事は順調そうだが」レイフは、弟がアトランタの最新スポットに変えたバーを見まわした。「これも〝マイケル・マジック〟だな」

マイケルはぶっきらぼうに笑った。「そんなわけないだろう。ぼくは身を粉にして働くタイプだよ」

「それがメディチ家の流儀さ」レイフは言った。「ダミアンも同じ意見だろうな。ただし、いまじゃ奥さんに夢中だから程度は限られるだろうけど」レイフの視線は再び新聞に引き寄せられた。かつてタバサとの将来を考えた自分が、信じられなかった。

「なあ、ぼくの話を聞いてないだろう」マイケルが身を乗り出した。「何を見ているんだ？」

レイフはタバサの横に立つ小さな男の子に気づいた。せいぜい四、五歳だろう。ぼくのベッドで燃え上がりながら、ほかの男とも会っていた嘘《うそ》つき女。嫌悪感がよみがえった。彼はタバサが顧客の一人を誘惑しようとしているところをとらえたのだ。

「この車椅子の男と知り合いなのか？」マイケルがきいた。

「え？」レイフは記事をざっと読んだ。重度の障害にもかかわらず新たな人生を始めた海兵隊退役軍人の話だった。そんな男を相手に、甘やかされた令嬢のタバサが、いったい何をするというんだ？

彼は眉を寄せて、もう一度写真を眺めた。茶色の巻き毛の男の子がタバサの脚のわきで恥ずかしそうに立っている。頭で計算をして、レイフははっと気づいた。冷たいものが全身を駆け巡った。男の子はメディチ一族特有の容貌《ようぼう》をしている。タバサは浮気者だったが、この子はぼくの子供かもしれない。

「兄さん、さっきからおかしいよ」弟の声には警戒心がにじんでいた。

「ああ……」レイフはかぶりを振り、記事を指さした。「この場所がどこだかわかるか?」

マイケルは片眉を上げた。「街のあまり治安がよくないあたりだ。日没後は長居したくないね」

腕時計を見ると十一時だった。レイフはこぶしを握った。ぼくに息子がいるのかどうか確かめよう。

「何がどうなってるんだ?」マイケルがきいた。

「わからない。でも明朝いちばんに確かめてくる」

ニコール・リヴィングストンは一月の寒風を防ごうと、コートの前をかき合わせた。アトランタはアメリカ南部に位置するが、冬の気温が氷点下になることもある。車へ向かった彼女は、長身のハンサムな男がこちらに向かって歩いてくるのに気づいた。

ニコールがプレイガールなら、黙っていないところだろう。肩幅の広いその男は黒革のジャケットに身を包み、力強く決然とした足取りで歩いてくる。風に乱れた黒髪、黒い瞳を際立たせるしっかりとした眉、寒さで赤みを帯びた頰。ふっくらした唇が不満げに引き結ばれている点がただ一つ残念だった。

ニコールは男の視線を避けた。

「やあ、タバサ」男は言い、ニコールの前で足を止めた。「タバサ・リヴィングストン」

男が妹の名を知っていることに驚き、ニコールはぱっと彼を見上げた。「いいえ、わたしは——」

「だまされないぞ。お互いよく知った仲だろう」

落胆と不安にとらわれ、ニコールはあえいだ。双子の妹に間違われたことは数知れずあるが、数年前に妹が亡くなって以後はなかったのでびっくりした。問題は、目の前の人物とタバサがどんな関係だったのかまるでわからないことだ。

「わたしの名前はニコール・リヴィングストン。タバサはわたしの双子の妹です」

ニコールは相手がその情報を咀嚼《そしやく》する様子を眺めた。不信、そして、困惑が彼の顔をよぎった。

「双子だなんて聞いたことがなかった」

ニコールはぎこちなく笑った。「妹はそのことを隠しておいて、あとで驚かすのが好きだったから」

「へえ」彼は額にしわを寄せ、顎をさすった。「それで、タバサはどこにいるんだ？」

ニコールは唇を噛《か》んだ。思いがけない苦悩が体を貫いた。妹の死に順応できたと思っていたけれど、間違いだった。「三年前に亡くなりました」

男の目が驚きに見開かれた。「知らなかった」

ニコールはうなずいた。「重い感染症にかかって、医師も手の施しようがなくて。すごくわがままなぶん、タバサは何があっても生き抜くと言われていたのに。みんな、とてもショックでした」

「気の毒に」男は片手を差し出したが、そのまなざしににじむ冷たさにニコールは気づいた。

握手をしたとたん、相手の手の温かさと力強さに驚いた。優しく包み込むような大きな手だ。「ありがとうございます。ところで、あなたは？」

「レイフだ。レイフ・メディチ」

突然、世界がぐらりと傾いた気がした。鼓動が速くなり、体の中で警報が鳴り響く。握手した手を解くまでに、しばらく時間がかかった。

彼から離れなければ。できるだけ早く。ニコールは大きく息を吸って後ずさった。「あの、そろそろ失礼します。お会いできてよかったわ」

レイフのわきを通り過ぎようとしたとき、腕に彼の手が触れた。ニコールは唇を噛んで足を止め、視線を合わせる代わりに相手の眉間《みけん》を見すえた。

「新聞で、きみと子供が一緒にいる写真を見たんだ。あの子供はタバサの子なのか？」

「いいえ」頭に血が一気にのぼった。「ジョエルはわたしの子です」

「生前、タバサが産んだ子供じゃないのか？」

「ジョエルはわたしの子です。わたし、もう行かないと」ニコールは駐車場に停《と》めたカムリ・ハイブリッドへ向かって歩道を歩き始めた。鼓動は猛烈な速さになっていた。車の錠を開け、中へ滑り込む。ドアを閉めようとしたとき、レイフ・メディチがわきに現れ、ドアを押さえた。ニコールは凍りついた。

「ぼくは幼いときに父を亡くした。そのとてつもない喪失感を、自分の息子には味わわせたくない」

彼の表情ににじむ人間らしさにニコールはふいを突かれた。妹は彼を、エゴの塊だと評していたのに。

彼女は出発を阻む大きな手をちらりと見た。「車から離れて。もう行かなきゃならないんです」非協力的な医療保険代理店との交渉で培った声を使った。

レイフは値踏みするような視線をよこしながら、ゆっくりと手をどかした。そう簡単におじけづかないらしい。当然だろう。背はわたしより十五センチ以上高いし、肩幅も広い。ジャケットの前が開いたときに見えた筋肉は、かなり鍛え上げられていた。

「それじゃあ、また」レイフが言った。

ニコールはドアを閉め、急いで駐車場から車を出した。〝また〟だなんて、とんでもないわ。

じきにジョエルも四歳になる。だから、もう大丈夫だと思っていた。だいたい、妹の葬儀にレイフ・メディチは姿も現さず、供花も何もなかったのだ。ニコールは高速道路へ車を向かわせた。頭は混乱し、肌に玉の汗が浮かんでいた。

ニコールはいつも目立たないようにしていた。そのほうが楽だからだ。タバサは派手なタイプだったが、ニコールはそれで構わなかった。今回、久しぶりにジョエルを連れて出かけ、患者の一人に彼の恐竜模型コレクションを見せてもらった。そこに障害を持つ退役軍人を取材する記者がいきなり現れ、三人の写真を撮った。その写真が新聞に載ったのだ。

ニコールはハンドルを握り締めた。すぐにジョエルを連れて逃げるべきかしら？　でも内気なあの子が、せっかくいまのプレスクールになじんだのに。

レイフの断固とした表情を思い出し、ニコールは身震いした。彼女は選択肢を考えた。母がフランスに住んでいる。しばらくのあいだならそこに身を隠すこともできるが、母は社交的な生活を送っているので、幼い子供がそばにいると邪魔になるだろう。

タバサなら父を頼り、オスカー級の演技力で機嫌を取って金を引き出すところだ。しかし、ニコールはできるだけ父とかかわらないようにしていた。それは父がしたあることがきっかけだった。

ニコールは気を静めようと深呼吸をした。昔から、タバサと違って問題解決能力はあると言われてきた。何か思いつくはずよ。どんなことがあろうと、なんとしてもジョエルを守り抜くわ。

彼女は嘘《うそ》をついている。逃げるように駐車場を去るニコールを見つめながら、レイフはそう思った。ちくちくとうずく左手が深刻な警告を発していた。あの女は厄介事の種だ。タバサよりも厄介かもしれない。もしかかわることがあるとしたら。

タバサはレイフとの暮らしを楽しんでいるように振る舞っていたが、彼女の望みが金だけだということはすぐにわかった。ただ、金に執着したわけはいまもわからない。何しろ、父親は相当な金持ちなのだ。クルーザーを売らせてくれとタバサに懇願され、レイフは望みどおりにした。そうして、娘を介して偉大なコンラッド・リヴィングストンに勝ることをひそかに楽しんでいた。しかし、そのしっぺ返しを食らった。タバサは嘘をついて手数料をつり上げていたうえに、レイフの顧客であるスペインの王子を誘惑しようとした。結果は失敗だったが。

吹きつける風に目をすがめ、レイフはレンタカーへ向かった。タバサとニコールとジョエルについて真実を突き止めるのは難しいことではないだろう。

車へ滑り込み、エンジンをかけると、さっそくマイケルに電話をかけた。

「やあ、兄さん。どうしたんだ?」

「いい私立探偵を紹介してくれ。迅速で完璧《かんぺき》で信用できる探偵だ」

「了解。ゆうべ不機嫌だったことと関係あるのか?」

「あるかもしれない」

「で、もうひと晩我が家に泊まるのかな?」

「ああ。差し支えなければ」

「構わないさ。でも、ぼくはほとんど出かけているよ。安く買えそうな新しい物件を見つけたんだ。詳しく聞きたいかい?」

「こっちの件がすんだらな。探偵の電話番号を送ってくれ」レイフはつっけんどんに言った。

雇った私立探偵からの第一報を受け取り、レイフは弁護士に相談した。「ニコール・リヴィングストンはどの程度ぼくと親権を争える?」

弁護士はかぶりを振った。「彼女の側にも勝算はあります。ただし、あなたが親として不適格だと証明できなければ、先方は勝てません。こちらは父子《おやこ》鑑定で本当の父親だと証明するだけでいい。そのための裁判所命令を取るのは簡単ですよ」

レイフは息子の存在を知らされずにきた年月を思い、苦々しさがこみ上げてくるのを感じた。すべてはリヴィングストン一族のせいだ。「あいつらは最悪の形でぼくをだましてきた。できる限り早く、連中からジョエルを取り上げたい」

弁護士は片手を上げた。「そう早まらないで」

「どうして?」レイフは詰問した。「いま、親権は問題なく取れると言ったじゃないか」

「そのとおりです。しかし、息子さんの心のケアも考えないと。生まれたときから一緒だった人間といきなり引き離すのはどうでしょう？　ニコール・リヴィングストンはジョエルをとても大事に育ててきた。その点に異存はありませんよね？」

「ああ」レイフは渋々認めた。

「法律上は彼女からジョエルを取り上げて、二度と会わせないことも可能ですが、息子さんにとって最善の形を考えるべきです。母親だと思っている女性から引き離されたら、彼はどう思うでしょう？」

レイフの胸は締めつけられた。ジョエルほど幼くはないが、レイフも子供のころに両親や家族を亡くした。大きな精神的ショックを受け、その喪失感は何年も続いた。リヴィングストン一族に恨みはあるが、ジョエルにとってニコール・リヴィングストンが愛情深い母親だということは認めざるをえない。

彼女はタバサとは違うように思えるが、確信するにはまだ早い。何しろジョエルの存在をぼくに知らせなかったのだから、タバサや父親と大きく違うとは考えにくい。

苦々しさが新たにこみ上げてきた。いまぼくは、リヴィングストン一族に究極の復讐《ふくしゅう》をできる立場にいる。ジョエルを奪い、二度と会わせなければいい。でも、いまは息子のためを考えよう。自分に息子がいると思うたび、レイフの胸は熱くなった。

ニコールは役に立つかもしれない。彼女の姿がふっと頭に浮かんだ。ぼくのタイプではない。華やかさがまるでないし、セクシーさも包み隠している。なのになぜか惹《ひ》かれる。いったん解放されたら、彼女は一気に開花するのだろうか。状況が違えば好奇心に身を任せたいところだが、いまはもっと大切なものがかかっている。ぼくの息子が。

翌日の夜、ニコールはジョエルの夕食と入浴をすませて足つきパジャマを着せると、小さなベッドに寝かせて隣に腰を下ろした。「今夜はどの本を読んでほしい？」

ジョエルはかわいらしい顔に期待の表情を浮かべて四冊の本を持ち上げた。ニコールの胸は締めつけられた。血筋では甥《おい》でも、気持ちの上ではわたしの息子よ。それを法廷ではっきりさせるわ。

「四冊も？　今夜は二冊のつもりだったんだけど」

「でも、ぜんぶすきなの」ジョエルは途方に暮れたように本に目を落とした。

ニコールはため息をついた。「いいわ。でも、今夜だけよ」そう言いながらも、明日の晩、ジョエルにせがまれたら拒めないことはわかっていた。この子よりもわたしのほうが、こういうかけがえのない二人の時間をずっと楽しんでいるのかもしれない。

ジョエルはニコールの膝にのり、最初の本を開いた。大きな苺《いちご》とそれを食べたがるねずみの話だ。

レイフ・メディチはもう何も言ってこないかもしれない。昨夜も今日も連絡がなかったことで、ニコールは少しほっとしていた。危うく、彼の存在におびえてジョエルと国外へ逃げるところだった。

タバサが亡くなったときにまだ生後六カ月だったジョエルは、ニコールを母親とみなしている。病気やけがをしたときは頼り、愛らしい声で話しかけ、微笑《ほほえ》み、笑い、抱っこをしてほしいと両腕を伸ばしてくる。

ジョエルが生まれた日、強い愛着心がニコールをとらえた。難産だったこともあり、タバサは姉にそばにいてほしがった。タバサは病院で感染症にかかり、それからの半年間はかかわりのある者すべてにとって地獄のような日々だった。ニコールは仕事を休んでタバサとジョエルの両方の世話をした。

タバサはだんだん医師の注意に従わなくなり、きちんと薬をのまないこともしばしばだった。わがままを通し、ニコールにジョエルの世話をさせて、夜のパーティにも出かけていった。

ある晩、タバサは倒れ、病院へ運ばれた。全身を感染症に冒された妹は、一週間後に亡くなった。

悲しみに打ちのめされながらも、ニコールはタバサの願いに沿ってジョエルの法的親権を取得した。父は一緒に暮らそうと言ったが、ニコールは断った。ジョエルを、父の気まぐれな性格で苦しめさせたくなかったからだ。

レイフ・メディチという脅威が、窓にぶつかってくる蠅《はえ》のように頭の奥でうなりをあげる。それでもニコールはジョエルを抱き寄せて、二冊目、三冊目と本を読み続けた。四冊目の途中で、ジョエルの体が寄りかかってきた。ゆっくりと規則正しい息づかいに合わせて小さな胸が上下している。

ニコールは微笑んだ。眠ったのね。そっと膝から下ろし、布団に寝かせても、ジョエルは目を閉じたままだった。ニコールは甥の額にキスをしてから、ベッドわきの恐竜型のランプを消し、部屋を出た。

自室に戻ると、静けさがマントのようにニコールを包み込んだ。タバサが亡くなってすぐのころは、妹の子供を育てるという重大な務めに直面して、パニックになりそうな心を落ち着かせるのに必死だった。自分にそんな資格があるだろうかと不安だった。でも、ほかに選択肢はないと悟ったのだ。なんとかやっていくしかないと。

歯が生えたり、水疱瘡《みずぼうそう》にかかったり、トイレトレーニングをしたり……そうこうするうちに、不安に思うこともさほどなくなった。ジョエルはいま、心身ともに健康な男の子に成長した。

部屋の静けさが孤独を際立たせている気がして、ニコールはリモコンを使って音響システムをつけ、音量を抑えて陽気なポップスを流した。そして、カウチのわきに置いたグラスの水をひと口飲み、いつものようにやりかけの書類作業に手を伸ばした。

ジョエルが寝てしまうと、孤独をひしひしと感じる。地球の反対側に住む母。信頼できない父。

でも、ありがたいことに従姉妹《いとこ》のジュリアがいてくれる。ジュリアにはもっと外へ出ろとしょっちゅう叱《しか》られるが、夜にジョエルを置いていくなどニコールには無理だった。タバサが亡くなる直前には、ニコールにもつき合っている男性がいたが、彼は連れ子の親になろうという気がなかった。時期が来れば、わたしの運命の相手も現れるわ。自尊心や成功願望が極端に強い人でなく、普通の男性が。

ニコールは仕事に集中しようとした。三十分ほどして、玄関ドアにノックの音が響いた。時計を見ると、八時半だ。恐る恐るのぞき穴から確かめたニコールは、胃が締めつけられるのを感じた。

玄関ポーチには、最悪の悪夢が立っていた。

2

ドアを開けずにいようかとも考えたが、レイフ・メディチがベルを鳴らし続ければ、ジョエルが目を覚ましてしまう。ニコールはこれから直面する闘いに覚悟を決めてドアを開け、レイフと目を合わせた。

「ジョエルはぼくの息子だ」彼は硬い声で言った。

「ジョエルはわたしの子です。法的にもほかのあらゆる意味においても」ニコールは冷静に反論した。

「タバサがあの子の母親だろう」レイフの口もとに苦笑いが浮かんだ。「彼女がぼくに知らせたがらなかったのもわかるよ。ぼくのことは、遊ぶにはいいけど一生をともにする相手じゃないと思っていたようだから」

「タバサは自分の意志をはっきり遺書に示したわ。ジョエルには愛情深くてしっかりとした家庭が必要だとわかっていたのよ」

「ジョエルには父親を知る権利がある」レイフは怒りのぎらつく目で言った。「あの子はその権利を四年近く奪われてきたんだ」

「わたしのもとでジョエルにつらい思いをさせたことは一度もないと、確信をもって言えるわ。わたしは何よりあの子を優先させているもの」

「だからといって、あの子に父親が必要だという事実は変わらない」レイフはニコールの背後に視線を向けた。「玄関ポーチでこんな話を続けるつもりなのか？　中へ入れてくれる気はないのか？」

ニコールは渋々わきにどいた。狭い玄関をふさぐ大きくたくましい体がいやでも意識させられた。

「もし息子を起こしたら」彼女は切り出した。「すぐに警察を呼んで、あなたを連行してもらうから」

レイフは奇妙な顔つきでニコールを見た。「声を張り上げる必要なんてめったに感じたことがないな」静かで、揺るぎない力がにじみ出る声だった。

ニコールの考えは真っ二つに分かれた。これだけ自信に満ちていれば、父のように大声でわめく必要もないだろう。ひとにらみするだけで、どんなことでも思いのままにできるのかもしれない。それとも、暴力を使うこともあるのかしら。彼の力強い両手を見て、ニコールの胸は不安に締めつけられた。

実際に彼に殴られたとは言わなかったが、タバサはレイフ・メディチを〝筋骨たくましいならず者〟だと言っていた。見下していたらしく、野暮ったいけれど最初のうちは魅力的な男だと。

「そろそろ息子に会わせてもらおう」彼が言った。

ニコールは不安で胸がどきどきした。「ジョエルの生活を乱したくないの。いまはなんの不安もなく幸せに暮らしているのに、あなたと会ったら、ジョエルは混乱するわ。それに、あなたは小さな子供のことを何も知らないようね。あの子は一時間も前に寝てしまったわ」

「いつかあの子も父親の存在に気づくだろう。会うのを先延ばしにすればするほど、お互い無駄にした時間を後悔することになる。ぼくには法的な権利がある。必要があればその点を追及するつもりだ」

ニコールはぱっと顔を向け、レイフと視線を合わせた。「脅しはやめてちょうだい。あなたはあの子に何をしてやれるの？　だいたい、どこに住むつもり？　お遊び用のクルーザー？　子供にとってそれがどんな暮らしになると思うの？」

レイフの口もとがこわばった。「ちゃんと息子に合わせるつもりだ。父子《おやこ》が一緒に暮らすのは当然だろう。必要なら、手伝いを雇ってもいい」

ニコールはその言葉にかっとなった。「手伝いを雇う？　ずいぶん父親らしいのね。それでジョエルと本当の関係を築きたいなんて信じられない。あなたは支配したいだけよ。タバサが言ったとおりね」

彼に凝視され、ニコールは言いすぎたと悟った。レイフは引き締まった腰に両手を当て、値踏みをするように彼女を頭から爪先まで眺めまわした。「タバサはぼくのことをなんて言ったんだ？」

ニコールはびくびくしながら後ずさった。「あなたが怖いって。あなたたちはマイアミのクラブで出会って、二、三カ月つき合ったんでしょう。タバサが言ってたわ。最初はハンサムで魅力的だと思ったけど、ほかの男友達と違って、あなたは荒っぽかったって。交際の終わりごろになると、あなたが自分を支配したがるようになったって」まるでうちの父そっくりだわ、と言いかけて思いとどまった。

レイフが息を吸い込み、わずかに鼻孔が広がった。態度は冷静に見えるものの、瞳は感情にぎらついていた。「で、きみはタバサの言葉をそっくり信じたわけだ。ぼくに会ったこともないくせに」

ニコールは目をしばたたいた。「信じて当然でしょう。タバサはわたしの妹なのよ」

「じゃあ、彼女が完璧《かんぺき》な人間じゃないことも知っているはずだ」レイフは指摘した。

「完璧な人間なんていないわ」

「嘘《うそ》をでっち上げるのがうまい人間ならいるよ」

「タバサはこんな大事なことで嘘なんて――」

「ほかの大事なことで、彼女が嘘をついたためしはないと言うつもりか?」

ニコールは反論しようと口を開き、一瞬ためらった。「こんな大事なことでは、ないわ」

「きみはぼくのことを知らない。なのに、いい加減な女一人の意見でぼくを判断したわけだ。きみもタバサと同じで、浅はかな女なのか?」

「違うわ」とっさに答えてしまってから、ニコールは後悔した。何か言えば言うほど、追いつめられていく気がする。なんとしてもジョエルを守らなければ。「妹を……ジョエルの母親をばかにするのは許さないわ。タバサにも欠点はあるけれど、それは誰だって同じでしょう。タバサは人生を愛していた。そして、ジョエルを産んだことで結果として命を落としたのよ。さあ、もう出ていって」

毛穴という毛穴からにじみ出てくるような苛立《いらだ》ちを、レイフは抑え込もうとしていた。「ぼくには権利があるんだ、ニコール。ジョエルの父親なんだから。ぼくがタバサの言ったような男じゃないとしたらどうだ? 父親はどこにいるのかと、あの子が尋ねるようになったとき、きみはどう説明する?」

心の奥底に浮かんだほんの小さな疑問を、ニコールは懸命に払いのけようとした。しかし、それは靴の中の小石のように残っていた。「わたしはジョエルを守らなきゃならないの」

「ぼくがどんな人間か、ひと晩かけてきみにわかってもらおう。あさって、息子に会いに来るよ」

ニコールの体に動揺が走った。「突然すぎるわ」

「無理な話じゃないはずだ」レイフは言い放った。

翌日、ニコールは従姉妹《いとこ》のジュリアに会いに行った。従姉妹が生後二カ月の娘に授乳をして寝かしつけると、ニコールはレイフの話を切り出した。

「最善の策は彼に協力することね」ジュリアは革製のカウチに腰を下ろし、ニコールの腕を軽く叩《たた》いた。

ニコールは唇を噛《か》んだ。「何かわたしにできることがあるはずだわ」

ジュリアが冷静に言った。「できることはたくさんあるわよ。でも、どれもすごくお金がかかるし、ジョエルの父親とあなたのあいだにかなりの遺恨が生じることになるわ。本当にそれでいいの？」

ニコールはため息をついた。「レイフ・メディチがとんでもない父親だったら？　もし彼が……」なかなか次の言葉を口にする気になれなかった。「虐待をしたら？」ささやくように続ける。

ジュリアがため息をついた。「だとしたら、話はまた別よ。彼が虐待すると思う理由でもあるの？　タバサが何か言っていたとか？」

「いばり屋で、うちの父親を思い出させるって言っていたわ」

ジュリアはゆっくりとうなずいた。従姉妹はニコールの家族の秘められた内部事情を知っている。

「あなたが心配になるのもわかるわ」

「心配なんて生やさしいものじゃないわ」

ジュリアは考え込むようにしばらく口をつぐんだ。

「あなたとタバサが仲がよかったのは知ってるわ。だけどあなただって、タバサが大げさにものを言いがちだったことはわかってるでしょう？」

「ええ。でも、こんな大事なことだし」

「その男性の肩を持つわけじゃないけど、タバサなら、自分の思いどおりにさせてくれない相手をいばり屋って呼びかねないわ」

「そうかもしれない」ニコールは渋々認めた。

「別に、その人のことをよく知らないうちにジョエルを渡せって言ってるわけじゃないのよ」

「ジョエルは絶対に手放さないわ」ニコールの声は感情でうわずっていた。

ジュリアはニコールの肩に腕をまわした。「一つ気になるのは、ジョエルに対する権利を主張することで彼が何を得るかよね。あなたの話だと、彼は成功した裕福なプレイボーイなんでしょう。タバサがジョエルにお金を遺《のこ》していたとしても、それが目当てじゃないわね。逆に逃げ出す男のほうが多いんじゃない？　あなたが言うような男ならなおさら」

幼いころに父親を亡くした、とレイフが言っていたことを思い出し、ニコールは再び唇を噛んだ。こみ上げる同情心が警戒を緩ませた。もし彼がタバサの言ったようなひどい人でなかったら？

「難しいとは思うけど、わたしからの最善のアドバイスは、できるだけ相手について知ることよ。彼はジョエルの父親なんだもの。現状では彼がすべての切り札を持ってるわ。その気になれば、明日あなたからジョエルを奪うこともできる。あなたにできるのは、せいぜいそれを遅らせるぐらいよ」

午後五時半。レイフは食料品店で買ったピザとカップケーキを手に、ニコール・リヴィングストンが所有する手入れの行き届いた二階建ての家へ向かった。弁護士や私立探偵から仕入れた情報で武装したレイフは、玄関ドアをノックした。

息子の存在を隠したタバサに対する怒り、うずくような喪失感。レイフはさまざまな感情を抑え込んでこの三日間を過ごした。だが、いまの気持ちは純粋で単純なものだ。ぼくは息子の父親になる。そのためには、どんな邪魔も許さない。

ドアが開き、ニコールが現れて、警戒心に満ちた目をレイフに向けた。彼女はまるで戦いに臨むように音をたてて息を吸い込んでから、ピザの箱をちらりと見た。官能的な唇にかすかな苦笑が浮かぶ。

「いい読みだわ。ジョエルはピザが大好きなの」

「ペパロニは大丈夫かな?」どうしてニコールの態度が和らいだのか、レイフには不思議だった。

「そのときの気分次第ね。ペパロニをつまんで食べたりもするし、お皿によけたりもするわ」

「カップケーキも持ってきたんだ」彼はビニール袋の中身を示した。

ニコールの顔にためらいの表情が浮かんだ。「寝る前に甘いものをたくさんとるのはよくないのよ」

「一個だけさ。それに、考えてもみてくれ。ぼくは息子の誕生日を四回も逃しているんだよ」

二人の視線がぶつかった。意外なことに、ニコールの瞳には同情とかすかな後悔が浮かんでいた。レイフは渇きで死にかけた男が水を求めるように、そのまなざしを味わった。私立探偵によると、ニコールには数々の意外な面があった。

学歴――医療管理学と社会学の、二つの修士号。仕事――傷痍《しょうい》軍人のための医療コーディネーター。経済力――超一流。恋愛経験――乏しい。

ジョエルに対する愛情――無限大。

同じ双子でも、ニコールは控えめな性格で、思いやりもあるようだ。その点は好都合だった。

「だからって、ひと晩にカップケーキを四個食べさせようなんて思わないで」ニコールは挑戦的なまなざしで言った。

「ああ、よかった。ぼくも一つくらいは食べたいと思っていたんだ」

ニコールは口もとを緩め、すぐに真顔に戻った。

「中へどうぞ。それから、いきなり将来の話はしな

「父親が存在していて、ここに来たことだけで充分だわ。あなたはことを急ぎすぎよ」ニコールはくるりと背を向けた。「ジョエルを呼んでくるわ」

レイフの体内に一気に興奮がこみ上げた。ジョエル。もうすぐぼくの人生に息子が加わる。

まもなく、短い茶色の巻き毛と輝く青い瞳の男の子が近づいてきて、レイフをしげしげと見つめた。

「ママが、おじさんがぼくのパパだって」

「ああ、ぼくがきみのパパだよ」

ジョエルはレイフが持っている箱をちらりと見た。

「ピザをもってるんだね」

レイフはくすりと笑った。「ああ、そうだよ」

「ぼく、おなかすいた」

「じゃあ一緒に食べよう」

ただそれだけのことだった。ニコールとジョエルとレイフはすぐにピザを食べ始めた。今夜はペパロニを食べたい気分らしく、ジョエルはピザからペパいで」

「どうして?」

「わたしたちのあいだでまだ答えが出ていないからよ。いまは父親の存在を受け入れるだけで、ジョエルには精いっぱいだと思うの」

「それはジョエルのことか、それとも、きみのことか?」

ニコールが身をこわばらせた。「ジョエルにとってどうするのがいちばんいいか、わたしよりもわかるだなんて思わないで」

「ぼくはあの子の父親だ。それがわかっているだけで充分だろう」

ニコールは歯を食いしばった。「わたしはあの子と将来の話をしないでと頼んでいるのよ」

「ジョエルの人生には現在も将来もぼくという父親がいる。それをはっきり伝えるつもりだ。今夜のところ、約束できるのはそれだけだ」

ロニのスライスをつまんで食べた。

「きみが好きなことを三つ教えてくれ」レイフは驚くほど自分に似ている少年に興味をそそられた。

「Ｗｉｉと本と、どうぶつ」ジョエルはそう言い、口を大きく開けてピザを食べた。

「どんな本が好きかな？」レイフはきいた。息子のことをもっと知りたくてたまらなかった。

「いちごのお話」ジョエルは再びピザにかぶりついた。「ねずみとくまが出てくるんだ」

レイフはうなずいた。「その本は読んだことがないな。今度捜してみよう」

「かしてあげるよ」ジョエルが言った。「でも、ちゃんとかえしてね。ぼくのお気に入りだから」

「わかった」レイフは微笑《ほほえ》んだ。「ありがとう」

ピザとカップケーキを食べ終えてから、レイフはジョエルとＷｉｉで遊んだ。そのあいだもずっと、ニコールに観察されているのがわかった。どう評価されても構わないが、ニコールの協力があれば、ジョエルがぼくを父親として受け入れやすくなるのは確かだ。彼女が対抗してくれば、ぼくが負けることはないにしても、事態は厄介になるだろう。

ニコールはタバサとまるで違う。タバサはぺちゃくちゃとよくしゃべり、肉体をひけらかすような仕草や服が多かった。一方のニコールはまず考えてから話すようだし、緩めのジーンズをはいている。それでもヒップの丸みや長い脚ははっきりわかった。ピンク色のカシミアのセーターは、控えめな女らしさを感じさせる。

レイフは思いを巡らせた。ニコールが羽目を外すことはあるのだろうか？　どうやったらあの用心深い瞳に情熱をかき立てられるのだろう？

「そろそろお風呂に入っておやすみする時間よ」ニコールが言った。

ジョエルは声をあげて抵抗した。「もうちょっと

Wiiでいっしょにあそびたいよ。だって、ママよりずっとじょうずなんだもん」

レイフは含み笑いをせきでごまかした。ニコールが笑いを含んだ視線を投げかけてきた。

「また来るから、そのときに遊ぼう」レイフは息子に向かって言った。

ジョエルはまじまじと彼を見た。「やくそく?」

名状しがたい感情がレイフの胸を締めつけた。

「ああ、約束するよ」

「わかった」ジョエルがそう言うと、ニコールは息子を二階の寝室へ向かわせた。

それからニコールは、レイフを玄関まで見送った。

「控えてくれてありがとう」

「今夜だけだよ」レイフは彼女のほうを振り返った。

「明日、二人で会う時間を作ってくれないか? ジョエル抜きで話し合ったほうがいいと思うんだ」

意外にもニコールはうなずいた。「いいわ。午前中はいくつか予定が入っているけど、十二時半には空くはずだから」

「弟がやっているレストランで会わないか。〈ピーチツリー・グリル〉でいいかな?」

「結構よ」

いまだにニコールの口調はよそよそしい。レイフはとっさに決めた。ぼくが男で彼女が女だということを、思い出させてやろう。レイフはニコールの手をつかみ、手首の柔らかい部分に親指を滑らせた。

「今度の件で協力してくれてありがとう」

ニコールの瞳に驚きと警戒の色がよぎった。「い、いえ、その……どういたしまして」彼女が手を振りほどこうとすると、レイフは自分から手を引っ込めた。

ニコールはほてりと快感を拭《ぬぐ》うかのように手首をさすっている。レイフは黙ってその様子を眺めた。

彼女は見せかけほどクールじゃないようだ。

ニコールはレイフと会う予定のレストランの真ん前で車のエンジンを切った。脈拍が速くなるのを感じ、深呼吸をして自分に言い聞かせた。わたしは彼が突きつけてくる脅威に反応しているだけ。彼の男としての魅力に反応しているわけじゃないわ。

ゆうべのレイフはジョエルとなかなかうまくやっていた。でも、たったの二時間ではわからない。

ニコールはバッグをつかんで車を降りると、ウールのジャケットをなでつけてから、レストランへ向かった。店に入ったところで、短い黒のドレスとブーツ姿のホステスが彼女を出迎えた。

「レイフ・メディチと待ち合わせなんです」レストランがほぼ満員なのに気づき、ニコールは言った。

ホステスは微笑み、ニコールを案内した。「それはうらやましいこと。さあ、どうぞ。ほら、あそこでウエイトレスに取り囲まれているでしょう」

ニコールが目をやると、レイフが革製のボックス席に座り、その前に短いスカートと白いブラウス姿の女性が三人立っていた。

ホステスは大きくせき払いをした。「失礼。ミスター・メディチのデートのお相手がいらしたわよ」

ニコールは訂正したかった。これはデートじゃなく、どちらかというと尋問だ。三人のウエイトレスが振り返り、ニコールに羨望《せんぼう》のまなざしを向けた。

「どうぞ、ごゆっくり」ホステスと二人のウエイトレスがその場を離れた。

レイフが立ち上がり、ニコールの手に手を重ね、ほんの一瞬だが、熱い感触を残した。「来てくれてうれしいよ。飲み物は何がいいかな？」

「コーヒーがいいわ」レイフのまなざしに、ニコールの胸は高鳴った。レイフの視線から目をそらし、革製のベンチに腰を下ろす。

「クリームはどうします？」一人残ったウエイトレスがきいた。

「いいえ、結構よ。ブラックでお願い」ニコールは心の中で身構え、レイフを見上げた。彼がどれほどハンサムかはいやでも目についた。ジョエルがこんなふうにハンサムになったら、わたしは棒を振りまわして女の子たちを追い払うだろう。女性のガードを崩すのはレイフの黒髪や整った顔立ちや男っぽい肉体だけじゃない。生き生きと輝く瞳や表情豊かな唇、それにその完璧な気配りに、たいていの女性がぼうっとなるだろう。すでに定員オーバーの彼のファンクラブに、わたしまで入りたくはない。

「午前中の仕事はどうだった？」レイフはコーヒーをひと口飲んだ。

「はかどったわ」彼が興味を持つこと自体、ニコールには意外だった。「三人の患者を訪ねて、そのうちの一人のサービスを追加したわ。医師の紹介状も一件もらったし」

「きみは患者たちにかなり好かれているそうだね。


医学界からは手強《てごわ》い相手だと思われている一方で、尊敬もされているとか」

「どこから聞いたの？」ニコールがそうきいたとき、コーヒーが運ばれてきた。

「私立探偵さ」レイフは肩をすくめた。「怒ってエネルギーを無駄遣いしないほうがいい。きみが話してくれないから、自分で調べたまでだ。立場が逆だったら、きみだって同じことをしないか？」

誰かに仕事のことを嗅《か》ぎまわられたと思うと、腹立たしかった。「その探偵は有能なの？」

「非常に。どうして？」

「雇って、あなたのことを探らせようかと思って」

レイフは挑むようなまなざしをニコールに向けたが、すぐに声をあげて笑い、椅子に背をもたれた。

「どうぞどうぞ。でも、金の無駄遣いはしなくていいよ。なんでもきいてくれ。これから一時間、ぼくはきみのものだから」

3

このいたずらっぽい笑みを前にして、何人の女性が服を脱ぎ捨てたのだろう、とニコールは考えた。タバサが惹《ひ》かれたのもよくわかる。レイフはまるで、電気の力で蚊を誘い込んで一瞬でしとめる殺虫器だ。

「ご家族のことを教えて」二人とも注文をし終えたところで、ニコールは切り出した。

レイフはためらい、考え込むような表情を見せた。

「前も言ったが、ぼくは幼いころに列車事故で父を亡くした。兄弟の一人もそのときに亡くなった」彼の瞳に悲しみがよぎり、ニコールの胸はうずいた。

「母は一人で子供を育てきれず、兄弟は別々の里親に預けられた」彼の手がこぶしに握られた。「ぼくたちはばらばらになった」

ジョエルにとってレイフがいい父親になれるかどうか怪しみながらも、ニコールは彼の話に胸を締めつけられた。「つらかったでしょうね」

「ああ、でも、人生にはつらいことが多いものさ。里親に関して言えば、ぼくは兄よりずっとラッキーだった。兄は高校を卒業する前に独立したんだ」

「まあ」寄宿学校で育ったニコールとはあまりに違った。「お兄さんはいま、どうしているの？」

「会社経営や副業で成功しているよ。ついこの前、結婚したんだ」レイフはにやりとした。「兄は彼女のためならなんでもするだろうし、彼女も兄のためならなんでもするだろう」レイフの顔に嫉妬《しっと》めいた表情が浮かんだが、ほんの一瞬のことだった。「あんな果報者はそういない。兄にはそれだけの資格があるんだ。だけど、うらやましいなんて思わないよ。このあいだついにビリヤードで勝ったしね」

「ユニークなご家族みたいね」彼の声ににじむ家族との絆《きずな》を、ニコールは少しうらやましく思った。

「きみのところとはまるで違うだろうね」

「うちは……」ニコールは言葉を切った。「確かにあなたのご家族とは違うわ」

「どんなふうに?」

ウエイトレスが料理を運んできて、テーブルに置いた。「タバサとわたしは八歳になるときに寄宿学校へ入れられたの。わたしは学校が好きだったけど、タバサは違った」ニコールはかぶりを振り、次々と頭に浮かんでくる思い出に声をあげて笑った。「タバサは退学になりかねないくらい好き勝手にやって、もしわたしが……」ニコールは口をつぐんだ。秘密の誓いは、いまでもちゃんと守っている。

「もしきみが?」

「昔の話よ」片手を上げて質問を制した。

「タバサとはずいぶん性格が違うようだね。外見は、タバサのほうが髪の色が明るい以外そっくりだが」

「本当はタバサも同じような色なの。タバサが現れると、その場がぱっと明るくなったものよ」

「きみは?」

「大人になってからは、タバサと同じ場所へ行くことがほとんどなかったわ。わたしは修士号の勉強をしていたし、教授の助手として働いていたから」

「タバサをうらやましいと思うことはなかった?」

「時々はあったわ」ニコールはタバサがジョエルを産んだときの感動を思い出した。自分も子供を産みたいと思ったが、誰かとそこまで深い関係を持ったことがなかった。「だけど、パーティの主役は大変そうだとも思ったわ。そういうのが性に合う人もいるんでしょうけど。あなたもそう?」

レイフは片眉を上げた。「ぼくはパーティの主役なんかじゃなかった。そんなことより、どう人生を生き抜くかに関心があった。人は生き抜くためにさまざまなことをするだろう？」

「考えたこともなかったわ」ニコールは、タバサがうまく父親を避けていたのを思い出した。ニコールにはそれがどうしてもできなかった。

「お母さんはフランスにいるんだよね？」

「それもわたしの身上調書にあった？」

レイフは悪びれるふうもなく微笑《ほほえ》んだ。

「そうよ、母は父から扶養手当をもらいながら、若い男とフランスで暮らしているわ」

「会うこともあるのか？」

「そう多くないけどね。母は父との結婚生活で逃した人生をやり直すのに忙しいから」

「お父さんとは会わないのか？」

「疎遠なの」ニコールはレイフの視線を避けて言った。父と娘の関係にはあまりにも多くの闇《やみ》の部分があった。「会うのは二カ月に一度くらい」

「お父さんも自分の事業の後継者が気になるだろう。孫息子が生まれて相当うれしいんじゃないか？」

「でしょうね。息子が持てなくて残念がっていたから。だけど、父にはほかに優先するものがあるのよ。事業を世界市場に広げたから、出張も多いわ」タバサが亡くなったとき、ジョエルの後見人にどちらがなるかで、父とニコールは激しく争った。父が頻繁に出張する点が彼女の次善の抗弁だった。一方、いちばんの抗弁は父と娘のあいだに厄介な緊張関係を生んでいた。

「子育てできみを支援してくれる人はいるのか？」

ニコールにとってはありがたくない話題だった。

「赤ちゃんのいる従姉妹《いとこ》がいて、すごく親しくしているわ。困ったときは来てもらえるけど、親としての務めはほとんど一人でこなしてきたの。プレスクールもちゃんと考えて選んだし、必要なときに休めるように仕事もフレックスタイムにしたわ」

「スーパーヒーローだね」

「いい母親代わりになろうと必死なだけよ」

「あの子はきみをママと呼んでいるじゃないか」

その言葉に、ニコールの胸は締めつけられた。

「最初は慣れなかったけど、自分には母親がいるんだという感覚がジョエルにも必要だと気づいたの」

「ぼくについて、ほかに何か知りたいことは？」

ニコールは微笑んでみせた。「何もかも。すべてよ。身体的な罰について、あなたはどう思う？」

「死刑制度か？」レイフは困惑げに眉根を寄せた。

「違うわ。子供へのお仕置きについて」

「ああ、そうか。ぼく自身子供のころに体罰を受けたけど、もっといい方法があるはずだと思う。外出やおやつやゲームを禁止するとか、そういうほうが効き目があるんじゃないかな。きみはどう思う？」

質問を返されたことに驚き、ニコールは一瞬ためらった。「同じような意見ね。ジョエルは言うことをよく聞くから助かるわ。問題点は、お星様シールみたいなごほうび方式で解決するようにしてるの」

「お星様シールか。ぼくも本を読んだとか掃除をしたとか、成績がよかったときにはもらったよ」

「しょっちゅう成績優秀賞をもらっていたの？」

「きみほどじゃないと思うよ。フットボールをやっていたからね」

「スポーツばかだったのね」思わず言った。

「じゃあ、きみはガリ勉か。〝超〟のつく」

「ただのガリ勉よ」

「ぼくみたいな劣等生のフットボール野郎には、目もくれなかっただろうな」

むしろ、ひそかに彼に憧《あこが》れたかもしれない。「あら、どうかしら。運動神経のいい人がずっとうらやましかったわ」

レイフは荒々しく笑い、ニコールの心をざわめかせた。「高校時代はどんな男たちを悩ませたんだ？」

「全然よ」そう言ってから、近くの男子校のおたくっぽい生徒が自分に熱を上げていたらしいことを思い出した。「まあ、一人か二人は。ほとんどはタバサ目当てだもの。タバサは世界中の男の人を誘惑するために生まれてきたみたいなものだから」

「きみはどうなんだ？」

「シャイで臆病《おくびょう》でちょっと不器用だったわ。何をするにもよく考えてからでないとだめなタイプよ」

「いまはどうなんだ？　大切な人はいるのか？」

「わたしの大切な人はジョエルよ」ニコールは故意に冷静な声を出した。「息子のためなら、恋愛も遊びも後まわしにするわ。あなたにそれができる？」

レイフはニコールと視線を合わせた。「そこが心配なわけか？　ぼくの乱れたライフスタイルが」

ニコールは肩をすくめた。「わたしは、ジョエルにとっての最善を考えなきゃならないのよ」

「修道僧や聖人並みの生活といったら嘘《うそ》になるが、毎晩遊び歩いていたらいまの成功はなかった。疑われているみたいだけど、ぼくは勤勉に働いてきたんだ」

ニコールは内心たじろいだ。余計なことを言いすぎたわ。「わたしは別に――」

「それと、もし女性関係を心配しているなら……」

「わたしは――」

「この五年でぼくの好みも変わった。昔と違って、甘やかされた金持ち娘に手玉に取られて、骨抜きにされることもないだろう」

レイフの告白に、ニコールはみぞおちを殴られたかのように感じた。彼はタバサを心から愛していたのだ。困惑が体内を駆け抜けた。彼はわたしを自由にできるセックスフレンドとしか見ていない……タバサはそう言っていたのに。

「きみも例の私立探偵を雇ったらどうだ？　そうだ、費用はぼくが払おう。先入観があるのが心配なら、別の探偵を雇ってもいい」

これはわたしに対する挑戦かしら。ジョエルを守るためなら、わたしはなんでもするということを、彼はわかっていない。「あなたが雇うぐらいなら最高の探偵だろうから、お勧めに従おうかしら。でも、費用は自分で払うわ」ニコールはちらりと腕時計を見た。「そろそろ行かなきゃ。ランチに誘ってくれてありがとう」ほとんど手をつけなかった料理に目をやった。不安で食欲もうせてしまったのだ。

「送っていくよ」レイフは一緒に立ち上がった。

「必要ないわ。すぐ向かい側に車を停《と》めてるから」

ニコールがジャケットを羽織ろうとすると、レイフは手を伸ばして手伝った。その気遣いが彼女を悩ませた。これでまた、彼が極悪人ではない可能性が増した。タバサは嘘をついていたの？

レイフはニコールをエスコートして込み合ったレストランの中を進み、磁力のような自信と魅力で注目を集めた。ドアを開けると、小声で笑った。

ニコールはいぶかしげにレイフを見た。

「寒い気候に慣れてなくて、弟のオフィスに上着を置いてきてしまった。あいつにまた言われるな」

「どんなふうに？」興味津々できいた。

「兄さんは抜けているとか、なんとか。こっちも言ってやるよ。暖かい冬を過ごせないやつのひがみだって」

ニコールは思わず微笑んだ。「すばらしいレストランだったって、弟さんに伝えて」

「料理をほとんど食べなかったじゃないか」

「それは言わないでくれるのが思いやりじゃないかしら？」ニコールは決まりの悪さを感じて言った。

「どう取るかはきみ次第だ。ただ、店の感想は自分で弟に伝えてくれ。そのうち会わせるから。きみとぼくの関係は始まったばかりだろう？」

ニコールはレイフの黒い瞳に官能的な光を感じた。そんなはずないわ。こんな状況だもの。彼はたぶん九十歳の女性相手でも気のあるそぶりをするのよ。そこが彼の魅力の一つかもしれないけど。

「じゃあ、また」こんなふうに動揺させないでほしいと思いながら、ニコールは車に乗り込んだ。レイフはドアを閉めて後ずさり、手を振った。

車を発進させたニコールは気を引き締めた。彼の魅力に惑わされちゃだめよ。家に着いたらすぐ私立探偵に連絡して、レイフ・メディチを徹底調査してもらおう。

彼は信用できない。レイフがジョエルにふさわしい父親でないとしたら、大胆な行動が必要になる。ジョエルと国外へ出るのだ。レイフが暴力的な父親だったとしても、外国なら身を隠すのも簡単だ。ニコールはその想像にぞっとした。いつもは規則を守る彼女だが、いまはあまりに多くのものが危機にさらされている。今夜ジョエルを寝かしつけたあと、レイフから逃れる対策を練ることにした。

外はかなり寒かったものの、レイフはじっとニコールの車を見送った。変わった女性だ。ぼくの好みからすると堅物すぎるけれど、気取りのない笑顔には優しさがにじみ出ていた。小さく笑うときのあのハスキーな声が心をわしづかみにする。ニコールは男が努力して勝ち取る女なのだ。その気になればできるとしても、ニコールが美貌《びぼう》や手管策略に頼ることはないだろう。ニコールの美しさは本物なのだ。男が彼女の気を引こうと躍起になるのは、なかなか振り向いてくれないからこそだ。

レイフはそのあとずっとマイケルの家で仕事をして過ごした。疲れていたはずなのになかなか眠りにつけず、ようやく浅い眠りに落ちた。

周囲を囲む炎。耳をつんざくような悲鳴。父の顔が苦痛に歪《ゆが》んでいく。

父の叫び声が聞こえた。

その苦悶《くもん》の声に、レイフの体を恐怖が稲妻のごとく貫いた。弟のレオがおびえて叫ぶ。〝パパ！〟

二人を救おうとレイフが駆け寄ったとたん、壁が立ちはだかった。透明なアクリルの壁。見通すことはできても、通り抜けることはできない。

炎が父と弟をのみ込み、レイフは二人が苦しむ様を目の前にしながら、壁を叩《たた》き続けた。

「通してくれ！」彼は叫んだ。「通して……」壁を叩くこぶしから血が流れる。「パパ、レオ……」

父の顔が死の灰色に変わる。レオの悲鳴が頭にこだまする。レイフは二人を救うため、どこか通り道はないかと必死に走った。

ふくらはぎが引きつり、はっと目が覚めた。小声で毒づき、ベッドの上で体を起こしてあえいだ。全身が汗にまみれ、心臓は早鐘を打っている。父のところへ行かなければ。レオを助けなければ。

夢にとらわれていたことに気づくのに数秒かかった。父とレオが列車事故で亡くなったと聞かされて以来、繰り返し同じ夢を見てきた。そして、父とレオを助けようとしてきた。手遅れなのはわかっている。それでも二人を救いたかった。

救おうとせずにはいられなかった。

レイフは深呼吸をしてベッドを出ると、寝室の端まで歩いた。濡《ぬ》れた肌は乾き始めていた。夢なのだ。それも何年も前のことなのに、まるで現実のように感じる。その場にいたとしても何もできなかっただろう。悲しい現実を、何度も突きつけられてきた。いまのぼくでもきっと何もできないだろう。

レイフはジョエルとニコールのことを考えた。二人の問題は解決できるはずだ。なんとしても解決しよう。無力さに甘んじることは二度とするまい。

翌朝早く、レイフは計画を立てた。

ふと、ブラックベリーの着信音が思考に割り込んできた。レイフは発信者をちらりと見た。

「やあ、マディー」彼の秘書だった。「どうした？」

「ミスター・アルギロスがいまマイアミに滞在中で、何度か訪ねてきたことを伝えようと思って。クルーザーの購入を検討しているようだったわ」

「いままではリヴィングストンと取り引きしていたはずだ。別の取り引き先を探しているのかもしれない」

「そうね」

レイフは腕が鳴るのを感じた。勝利の予感だ。

「マイアミにはどのくらい滞在するのかな？」

「確か、あと三日と言っていた気がするわ」

レイフは髪をかき上げ、ため息をこらえた。難しい決断をすばやくくだすことには慣れている。今回はいつもよりも少し難しいが、ためらうことはなかった。「わかった。ぼくが住む家を見つけてくれ」

「家？」マディーは繰り返した。「家って言っても、何か特に希望はある？」

「ぼくに息子がいたんだ。マイアミに連れ帰るつもりだから、いろいろ生活を変えなきゃならない」

長い沈黙があった。「息子がいた？」

「ああ。それで、息子と一緒に……」レイフは言葉を切り、顔をしかめた。「その母親も連れていく」

「まあ」

「話が込み入ってるんだ」

「そのようね」

「明日詳しく説明するよ」

「ぼくたちはあさって、マイアミへ向かうことになった」翌日の夜、突然訪ねてきたレイフが言った。

ニコールは呆然《ぼうぜん》とレイフを見つめた。「え？」

「仕事なんだ。先には延ばせないし、ジョエルを置いていくつもりはない」

ニコールの胸は締めつけられた。「なぜ？　ジョエルはここでわたしと平穏に暮らしてきたのよ」

「ジョエルはぼくの息子だ。置いていく気はない。もう二度と離れないつもりだ」

彼の断固とした表情を見て、ニコールの全身に寒気が走った。「そんな簡単にはいかないわ。ジョエルはまだあなたに慣れていないのよ。自分の知るすべてのものからいきなり引き離されたら、あの子にどんなトラウマが残るかわかる？」

「じゃあ、一緒に来てくれ」

ニコールは目をしばたたいた。前の晩、私立探偵の手配をして、万一のときはジョエルと出国する計画も立てていた。「そんなことを言われても」

レイフは肩をすくめた。「本当にジョエルが何より大事なら、決断は簡単なはずだ」

「でも、わたしにも仕事があるのよ」

「休暇を取ればいい」

「ずいぶん簡単に言ってくれるのね」

「実際、簡単なことだろう」彼の瞳には強い決意と大胆さが表れていた。「きみにとっていちばん大切なのはなんだ？ 自分か、ジョエルか？」

ニコールは浅い息をついた。「もちろんジョエルが大切よ。ただ、そんなに急ぐ理由がわからないわ。あなたが仕事をすませて、そのあとで来月にでも親善訪問を計画するとか――」

彼女の提案が終わらないうちに、レイフは首を横に振った。「来月じゃだめだ。いますぐだ。ジョエルはぼくのもとで暮らさせる。ちゃんと親権を取る手配をしているところだ。きみは協力してくれてもいいし、かかわらなくてもいい。明朝までには裁判所の命令が出ることになっている」

「いろいろな準備はどうすればいいの？ 荷物だってつめなくちゃ」

「荷造りの心配はしなくていい。きみとジョエルが必要なものは、なんでもこっちで買うから」

ニコールはかぶりを振った。「まるでわかっていないわね。暮らしの安心はお金や物だけじゃないわ。周囲の人との親密さも大切なのよ」

「ぼくがジョエルにとってそういう存在になるよ。我が家が、あの子にとって安心な場になるようにもする」彼は少し間を置いた。「きみは来るのか、来ないのか？」

「選択肢はないようね」

「きみはぼくの息子にとって大事な人だ。金銭的にも充分な見返りを約束するよ」

怒りが一気にこみ上げてきた。「あなたのお金なんていらないわ。お金が欲しかったら、父を頼ればいいもの。あなたも父もたいして変わりないのかもしれない」ニコールは彼に究極の侮辱を投げつけた。

レイフは肩をすくめた。「答えはすぐにわかるよ。木曜の朝までにプライベートジェットでマイアミへ向かう。必要なものがあれば知らせてくれ。ただ、心の準備はしておいてほしい」

「どうしてあの子が欲しいの？」ニコールは詰問した。「あなたが子供に気を配るとは思えないし、あなたがいなくてあの子が困るとも思えない。なのに、なぜ無理に連れていかなきゃならないの？」

「いまは問題なく育っているかもしれないが、将来のことは誰にもわからない。きみでさえもね。ぼくは息子を自分と同じ目に遭わせたくないんだ。全財産を使ってでも息子を守るつもりだ」

「父親の値打ちはお金や資産だけじゃないわ」それは誰よりもニコールが知っていた。「どうすれば、あなたにもそれがわかるのかしら？」

「ジョエルと一緒に過ごせば過ごすほど、父親として知るべきことを学べるだろう。すべてあさってから始まるんだ」

怒ったりおだてたり泣き落としをしたりして、ニコールはなんとか上司から休暇をもらい、荷造りを始めた。必要なのはジョエルの好きな本やぬいぐるみ、お気に入りの毛布、タバサの写真コラージュや赤ちゃんのころのジョエルのアルバムなどだ。

ジョエルを失う不安におびえ、ニコールは自分をせき立てた。やらなきゃならない仕事があるのよ。不安を感じているひまがあるなら、仕事に集中しなくちゃ。頭の隅に、ジョエルを連れて国外へ逃げる計画が残っていた。もしレイフが悪い父親だったら。一緒にいれば、レイフが法的手段に出るまでの時間を稼げる。それに、ジョエルが国外へ出るためのパスポートはニコールの手にあった。

一日じゅう働いてから、ジョエルをプレスクールに迎えに行ったニコールは、マイアミへの旅を冒険として説明した。「海で遊んだりもできるわよ」

「泳いでいいの？」ジョエルが興奮してきいた。

「浮きわがいるね」

ニコールは運転席でうなずいた。「それより、ライフジャケットが必要ね。大きな船にも乗れるわよ。レイフは大きな船をたくさん持っているから」

「おじいちゃんみたいに？」ジョエルはニコールの父のことを口にした。

ニコールは胸苦しさを覚えた。「まあね」そう言い、レイフが父のような男でないことを祈った。

「ここよりも暖かいから、コートはいらないわ」

長い沈黙が続いた。「ママもいっしょに行く？」

ジョエルが心配そうな声できいた。

「もちろんよ、スウィーティ」

「いっしょにおとまりもする？」

ニコールは胸を締めつけられた。「ずっとそばにいるわ。あなたは世界一大切な宝物ですもの」

ジョエルは大きく息を吐いた。「いっしょに泳ぐ？」

ニコールは微笑んだ。「いいわよ」

「お気に入りの本ももっていっていい？」

「もう荷物につめたわ。わたしが揃《そろ》えたものを見て、何か足したければ教えて。いい？」

「わかった」

ニコールはジョエルをちらりと見て、その顔に浮かぶ微笑みに心を揺さぶられた。

レイフは秘書に最後の指示を出した。目を上げると、ニコールがジョエルの手を引いて歩いてくるのが見えた。安堵《あんど》のため息をついた彼は、自分の感情に驚いた。ニコールが土壇場ですっぽかすのではないかと、心のどこかで疑っていたのだ。

表情は冷静ながらも、ニコールは確固たる雰囲気をまとっていた。息子を守ろうという決意か、レイフに対する挑戦か、ミステリアスな美しさか、それとも、そのすべてが組み合わさったものか。

ニコールのことはいっさい信用できない。彼女はぼくを裏切ったタバサの双子の姉なのだ。母親の胎内からずっと一緒に育ったのだから、きっと似たところがあるはずだ。いまのところ彼女は役に立つ存在だが、じきにそういう欠点が見えてくるだろう。

レイフは息子を見やり、片手を上げてハイファイブの構えをした。ジョエルも小さな手を上げてその手にぶつけた。「ママもやって」

ニコールは驚いた顔をした。「わたしはいいの」

「だめだ」レイフは彼女に挑みたい衝動をこらえきれず、その手を取って、自分の手と合わせた。「出発の準備はいいかい？」

「正直に答えてほしい？」ニコールは気弱さと挑戦的態度が微妙に入りまじった目できいた。

レイフは運転手が運んできた荷物をちらりと見た。

「答えはちゃんと出ているみたいじゃないか」

「ほかに選択肢がなかったのよ」

「あとはただくつろいでくれ。心配することは何もないよ」レイフはニコールの手に手を重ねた。その瞬間、ニコールの瞳が揺らめくのがわかった。彼もまた自分の中に同じような高まりを感じた。

「それはどうかしら」ニコールの声ににじむ疑いがレイフを苛立《いらだ》たせた。多くの成功を重ねてきた彼は、誰かに能力を疑われることに慣れていなかった。タバサのほかは、ぼくに信頼を示さない女性は一人もいなかった。じきにニコールもわかるだろう。ぼくは投げかけられたことは、どんなことでも誰よりもうまくこなす。今回の件も例外ではない。

4

ニコールはジョエルを窓側の席に座らせた。初めての空の旅に興奮したジョエルは、窓からの景色にくぎづけだ。ニコールは豪華な自家用ジェットの柔らかな革製の座席に座って、乗務員から飲み物を受け取った。しだいに筋肉がほぐれていく。

しばらくのあいだ、レイフは仕事、ジョエルは景色に集中していた。贅沢《ぜいたく》な雰囲気がニコールを包んでいた。裕福な家で育ったため初めての感覚ではないが、大学入学以来、贅沢とは無縁に暮らしてきた。ニコールにとって父から独立することは、父の金で買えるものすべてよりはるかに大切だった。レイフの富がもたらす快適さに慣れないようにしなければ。

ずっと一緒にいるわけではないのだから。

ニコールはジョエルにオレンジジュースを勧めた。しかし、景色に夢中でそれどころではないようだ。

「ニコール」レイフが低い声で言った。「ちょっとこっちへ来てくれ」彼は隣の席を指さした。

ニコールは獰猛《どうもう》な動物に近づくようにそろそろと動いた。レイフはまるでパンサーだ。美しい外見の下に、残酷な本性が隠れているのかもしれない。

「到着したら、迎えの車で新居に向かって――」

「新居って、あなたのクルーザーのこと？」

「いや、秘書に見つけさせた家だ。もし気に入らなければ、また探せばいい。ぼくが仕事のときは、遠慮なく彼女に連絡してなんでも頼んでくれ。連絡先を教えるよ。不便のないようにクルーザーのスタッフも数人移動させることにした。シェフは寿司《すし》でもフレンチでもイタリアンでも、なんでも作れる」

「グリルドチーズ・サンドイッチは？」

「ばっちりだよ」レイフは微笑《ほほえ》んだ。「これから二週間程度で親権の正式な移譲を進める」

ニコールは愕然《がくぜん》とした。「正式な移譲って？」両手をこぶしに握った。

レイフは彼女を見つめてうなずいた。「当然だろう。いずれすべきことを先に延ばす必要はない。ぼくはジョエルの父親だ。親権はぼくが持つ」

ニコールは喉のつかえをぐっとのみ下した。「確か、移譲を支援する人間を裁判所が任命するんじゃなかったかしら」

「きみでいいだろう。ほかの人間を選ぶのはばかげてる。ジョエルのことをいちばん知っているきみがなれば、あの子に精神的ショックを与えずにすむ」

ニコールは安堵《あんど》のあまり身を震わせた。「わかったわ。あと、社会福祉課からも視察が来るはずよ」

「どうせ形ばかりだろう」

「あなたが親として適切かどうか確かめるのよ」

レイフは顔をしかめた。「ぼくの個人的な経験によると、社会福祉課の連中は、実の親がどこにいるか、子供を育てる気があるのか、というたぐいの案件に忙殺されているよ」彼は声を荒らげた。

ニコールは指を唇に当て、肩越しにジョエルを見やった。「わたしが法律を作ったわけじゃないわ」

「ぼくは彼の実の父親だ。それだけで充分だろう」

「厳密には、親としてのあなたの力量はまだ未知数なのよ。社会福祉課はその点を確かめたいのよ」

親としての権利に疑問を挟まれること自体、レイフには腹立たしかった。「余計な干渉は許さない」

レイフが携帯電話で話し続ける中、お抱え運転手が運転するリムジンは椰子《やし》とブーゲンビリアが並ぶ私道を進み、玄関の両わきに白い円柱が立つ大邸宅に到着した。裕福に育ったニコールの基準からしても、かなり大きな家だった。

車が着くとレイフは電話を切り、ニコールと視線を合わせた。その瞬間、ニコールの胸はざわついた。それは間違いなく欲望だった。

レイフはわずかに口もとを緩めて微笑んだ。「どうかな?」建物のほうを手で示す。「プールとテニスコートとジャグジーがいくつかある。それと、広い裏庭があって、ジョエルが――」

「ぼく、ここにおとまりするの?」ジョエルが声をあげた。

「ここで一緒に暮らすんだよ」レイフは言った。

運転手がドアを開け、ニコールは車を降りた。レイフが彼女の背中に片手を添えて、階段へ導く。

ニコールは不安がこみ上げるのを感じた。ジョエルはこの大邸宅になじめるかしら? この子をここに置いていくなんて、わたしにできるかしら?

「アトランタの我が家とは大違いだわ」

「きみとジョエルがくつろげる場所を探したんだ」

自分が含まれていたことに、ニコールは少しほっとした。とはいえ、彼の言葉が当てにならないことはわかっていた。「プールに関しては厳しいルールが必要ね。それと、警報装置もあったほうがいいかもしれない」

「もっともだ。マディーにすぐ対処させるよ」

「マディーって？」

「ぼくの秘書だよ。ほら、彼女だ」若く美しい、セクシーなブロンドのショートヘアの女性が玄関から出てきた。ビジネス仕様のカプリパンツにしゃれたタンクトップとブラウス、それにハイヒールというスタイルで、その姿には自信がにじみ出ていた。

「こんにちは、マディーよ。あなたがニコールね」彼女は片手を伸ばした。「信じられないくらい妹さんに似てるわね。髪の色と服装が違うだけで――」

「妹を知っているの？」ニコールがきいた。

「二人がつき合っているころ、パートタイムでレイフに雇われていたから。ハンサムな坊やね」マディーはジョエルを見て言った。「レイフにそっくり」

ジョエルの手がニコールの手を握り締める。「目はタバサに似てるわ」ニコールはたまらず言った。

「マディー、一、二、三、電話をしてくるから、ニコールに家の中を案内してくれないか」レイフが言った。

マディーはまばゆいばかりの笑みを彼に投げかけた。「もちろん、喜んで」

ニコールは疑問に思った。二人は仕事以上の関係なのかしら。でも、わたしにはどうでもいいことだ。

「じゃあ、またあとで」レイフはニコールの腕をなで下ろし、彼女の物思いを中断させた。

ニコールは彼の手がもたらした影響を拭《ぬぐ》い去りたい思いに駆られながら、意識を無理に家へ向けた。

マディーの先導で、ニコールとジョエルは冷たい大理石の床の玄関を抜けて、家の中へ入った。キッチン、ダイニングルーム、居間、ビリヤード台がある書斎兼娯楽室、主寝室、使用人部屋。裏口を出るとすぐにパティオと大きなプールが、その向こうにはテニスコートと広い芝生の庭があった。

「プールに行くときは必ず大人と一緒じゃなきゃだめよ」ニコールは片膝を突いてかがみ、ジョエルの目をのぞき込んだ。「必ずよ」

「ママがいなかったら?」ジョエルの視線は誘うような青い水に引き寄せられている。

「じゃあ、ママが来るまで待つの。約束よ」

ジョエルはニコールと目を合わせた。「うん」

微笑み、ジョエルの頰にキスをした。「いい子ね」

「一緒に泳ぐ人間ならほかにも――」

「この子がもっと大きければね」ニコールは小生意気な秘書の指摘をさえぎった。「安全に関しては、やり直しがきかないこともあるのよ」

マディーは少しむっとした顔になった。「まだ上の階もあるわ」彼女はぼそっと言った。


マディーはさらにいくつかの寝室や浴室を案内した。プレイルームに入ると、ジョエルはすぐにたくさんの新しい玩具《おもちゃ》を試し始めた。この家が家庭的な雰囲気になるにはまだ足りないものもあるが、かなりの装飾がすんでいることに、ニコールは感心した。

「よくこんなに早く準備できたわね」

マディーは笑った。「レイフとは長いつき合いだから、手短な指示だけでわかるの」指をぱちんと鳴らす。「彼の望みはちゃんと把握してるわ」

二人の関係についての疑問が再びニコールの胸を刺した。「わたしたちはどこで寝ればいいの?」

「あなたの寝室はこの翼のジョエルのそばにしようと思って。レイフは別の翼を使うわ」

「別の翼はまだ見ていないわね」

マディーは一瞬ためらった。「あら、忘れていたわ。各階に主寝室があって、この階の主寝室は廊下をずっと行って左へ曲がるの。そこにジムもあるのよ。レイフはトレーニングが大好きだから。それから、乳母《ナニー》のことだけど――」

「ナニー？」ニコールは眉根を寄せた。「わたしがいるんだから、ジョエルにナニーはいらないわ」

マディーは再びためらった。「昔の考え方ならね。でも、運転を任せたり、あなたが休んだりするための人は必要になるわよ。レイフに指示されたから、ジョエルのプレスクールの面接日も決めたわ」

「最終決定はわたしがそこへ行ってみてからよ」

「もちろんよ」マディーは微笑んだが、目は笑っていなかった。その口調も引っかかるものがあった。

「あなたと妹さんって本当によく似てるわね。なんだか幽霊を見ている気分になるくらい」

「一卵性の双子でも、個性はまったく違うものよ」

マディーはうなずいた。「レイフとタバサはまるで水と油だったわ。最初からうまくいくはずがなかったのよ。レイフには甘やかされた金持ち娘は合わないわ。彼に必要なのはもっと自立したタイプよ」

妹を守りたい思いがニコールを突き動かした。「完璧《かんぺき》な人間なんていないわ。それに、タバサがいなかったら、ジョエルはこの世に存在しないのよ」

マディーは目に苛立《いらだ》ちの色を浮かべ、唇を引き結んだ。「そのとおりよ。タバサがいなかったら、ジョエルもいないわ」怒りのにじむ声だった。「じゃあ明日、三人のナニー……」言葉を切って言い直した。「あなたとジョエルを手伝う候補者を、三人よこすわ。気に入った一人を選んで。それから、プレスクールは午後に行ったらどうかしら」階段を下りたマディーはニコールの手に名刺を押しつけた。「一時的な滞在だとは思うけど、レイフもわたしも、あなたにできるだけ快適に過ごしてほしいと思っているの。仕事上、彼はかなり忙しいから、もし何か必要なときは遠慮なくわたしに電話して」

独占欲がにじみ出たマディーの口調が、なぜか癇《かん》に障った。「ありがとう。できるだけジョエルと二人でやっていくようにするわ」

「オーケー。わたし、レイフとちょっと話してから行くから。じゃあ、また」マディーは背を向けた。

ニコールは水を飲みにキッチンへ行ったついでに、冷蔵庫の中身をチェックした。背後から靴音が聞こえ、振り返ると、レイフと目が合った。

「おなかがすいたのか？　家政婦もシェフもいるから、なんでも好きなものを作ってもらえるよ」

「今夜ジョエルに何が作れるか確かめてるだけよ」

レイフはかぶりを振り、冷蔵庫のドアを閉めた。

「食事の支度はしなくていい。きみにはジョエルが順応するように力を貸してほしいんだ」

「食事の支度もその一部よ。いつもわたしがしていることだから」

「食事の時間と料理の希望をシェフに伝えてくれ。シャワーを浴びてジャグジーでも楽しんだら？」

「時間があれば。いつになったらジョエルをプレイルームから離せるかわからないわ。新しい玩具に夢中だから。あの子を甘やかしすぎないでほしいわ」

「わかってるけど、この四年間の埋め合わせをしたくてね。それに、この家を気に入ってほしいんだ」

「あなたもここで過ごすの？　クルーザーで暮らさなくてもいいの？」

「毎日通うよ」レイフは肩をすくめた。「もし仕事が忙しくて動けなかったら、週末に三人でクルーザーで出かけてもいい。ナニーの候補者についてはマディーから聞いているだろう？」

「ええ。でも、わたしがいるからナニーは必要ないって伝えたわ」

レイフはかぶりを振った。「ずっと一人でやってきたのはわかってる。でも、きみは認めたくないだろうけど、片親じゃ大変だったこともあるはずだ。だから必要な手助けは受けてほしい」

「ありがとう」そう言いつつも、ニコールはその考えに少し苛立った。「マディーのことだけど」

「すごいだろう、彼女？　最高に有能な女性だよ」

ニコールは心の中でくすぶる疑問を口に出そうとした。結局、思い直した。「ええ、とても有能ね」

「少し休んだらいい」レイフはうなずき、ニコールの腕に触れた。「夕食のあとでまた話そう」

ようやくジョエルを寝かしつけたニコールは、階下へ下りて、レイフのいるパティオへ出た。彼は考え込むようにじっと遠くを見つめている。ニコールは彼をどう見ればいいかわからなかった。力強さに惹《ひ》かれる半面、怖くもあった。彼は弱い者に対してその力を振るうような男なのかしら？

そばに寄ろうかためらっていたところ、気配を察したらしく、レイフが振り返った。「やあ。ここに座らないか？　疲れているだろう」

「それほどでもないわ」ニコールは腰を下ろした。

レイフはテーブルのワイングラスを指し示した。

「ワインをどうぞ」

「ありがとう。今日は長い一日だったわ」

レイフも腰を下ろした。「明日は楽になるよ」

ニコールは赤ワインをひと口飲んだ。彼の言うとおりだとはとても思えなかった。「まったくの新しい世界がまだ始まったばかりだわ」

「きみもジョエルも、ずっと暮らしやすくなると思うよ。経済的な面は心配しなくていい。必要なサポートはいつでも提供する。正直に言うと、きみたちがお父さんと暮らしていないのが意外だった」

ニコールはどきっとした。「父は支配したがる人だから。父は自分のやり方がいちばんだと思っているの。わたしは自分の思うとおりにしたかった」

「タバサはどうだった？」

「タバサと父との関係はまた違ったわ。妹はぎりぎりのところで父をうまく操っていて、たいていはうまくいっていたの」

「うまくいかないときは？」

「楽しい話じゃないわ」

「それはつまり――」

「できれば父の話はしたくないの」ニコールは父と強く結びつく、抑圧された感情と闘った。父について話す必要なんてないわ。彼女は立ち上がった。

「少し散歩しないか」立ち去りたいニコールの思いを押しのけるようにレイフは言い、裏庭へ向かって歩き始めた。美しく手入れされた庭を柔らかな投光照明が照らし、木々はミニライトで覆われていた。

「きれいだわ」ニコールはつぶやいた。こおろぎの鳴き声が気持ちを静めてくれた。

「そうだね」レイフは両手をポケットに突っ込んだ。「いつもは波の音を聞きながら、潮の香りの中でゆったりと船に揺られているんだ」


ニコールはレイフをちらりと見た。「海が恋しくなったみたいね」

「少しね」レイフは認めた。「海はすべてを清め、波のリズムは心を落ち着かせてくれる。クルーザーで仕事をして、その気になればすべてやめて、ただ海を楽しむこともできる。ラッシュも人込みもない。瞬時にすべてから逃れることができるんだ」

ニコールはタバサがいつもパーティの中心にいたことを思い出し、つい尋ねた。「いったいどうやって妹とつき合うようになったの？」

レイフは含み笑いをもらした。「欲しいものを見つけたときのタバサの変わり身の早さと、誘惑のテクニックはきみもよく知っているだろう」

ニコールは渋々うなずいた。「タバサが魅力的だったのは確かよ。だけど、思慮深くて頭もいいあなたが、どうして妹に引っかかったの？」

「あのころはぼくも若かった。タバサはぼくとまるで違っていたんだ。血筋がよくて裕福でエレガントで。フィラデルフィアの貧民街出身の里子にとって、夢のような存在だったんだ」

「そのうえ美人で奔放でセクシーだった」

「確かにタバサは美しくて魅惑的だった。ときに奔放で。ただ、セクシーだけど本当の意味では違う」

「そう?」触れてはいけない話題だと知りながら、ニコールは好奇心を抑えきれなかった。「タバサは昔から男をもてあそぶタイプだと思っていたけど」

「性的な意味では違うね。実際、セックスもおざなりだった。激しかったのは最初だけだよ」

ニコールは呆然《ぼうぜん》とレイフを見つめた。タバサはそのセクシーさで男性を狂わせるのだと思っていた。

「意外らしいね」彼は面白がるような顔をした。

「だって……」ニコールは言葉を切った。「タバサが自分でしていた話や、ほかの人がタバサについてしていた話とは違うから」

レイフはうなずいた。「ぼくの経験では、ことに至ったときより、じらしているときのほうが色っぽい女性もいるよ」彼はニコールがどちらの部類か見極めようとするかのようにじっと見つめた。

全身がかっと熱くなり、慌てたニコールは気持ちを静めるように短く息を吸った。「タバサはじらすのが得意だって、自分で言っていたわ」

「確かにそうだった。それだけが目的みたいに。じらすよりももっと違う楽しみもあるのに」

レイフのまなざしは魂までも貫くかのようだった。ニコールは女としての自分と男としてのレイフを強く意識した。夜の闇《やみ》が二人を包んでいる。好奇心がうずいた。男性に対して興味がわくのも、欲望を感じるのも久しぶりだ。どうしていまなの? どうして相手が彼なの?

引き返さなきゃ。いますぐ。しかし、ニコールの脚は重りをつけたかのように動かなかった。レイフが近づき、片手を差し出して、彼女の髪をなでた。

「柔らかい」彼がつぶやく。「きみは両極端だね」

ニコールはぐっとつばをのみ込んだ。心臓は早鐘を打っている。「どういう意味？」

「柔らかな髪、柔らかな肌、上等なブランデーを思わせる声。なのに、チタン並みの気骨を持ってる」

ニコールは思わず笑った。「あなたはご機嫌取りに囲まれているものね。偉大なるレイフ・メディチが望めばどんな意見も通るんでしょう」

「ぼくを偉大だと思ってくれるのか」彼は官能的な笑みを浮かべ、ニコールの体にさざ波を立てた。

「あなたの偉大さを語る人間なら山ほどいるだろうから、これ以上必要ないでしょう」体を引きたかったが、髪をなでるレイフの手が、見つめるそのまなざしが、ニコールをくぎづけにしていた。

「たった一人の言葉のほうが心を揺さぶることもある」レイフは髪をそっと引っ張って彼女を近づけた。

「初めて会ったときから、ぼくを欺いたきみの唇が気になっていた。きみも少しはぼくに興味があるだろう。そろそろお互いの好奇心を満たすときじゃないか？」低い声でささやかれ、ニコールは目をそらすことができなかった。

レイフが顔を下げた。後ずさることも、顔をそむけることも、頭を下げることもできた。だが、ニコールはそうしなかった。認めたくはないけれど、レイフ・メディチに興味を引かれていたのだ。

ただのキスよ。それも一回だけ。唇にレイフの唇が押しつけられたとたん、ニコールはめまいがした。目を閉じて彼のコロンの香りを吸い込み、力強い胸を間近に感じた。固さと官能的な柔らかさを併せ持つ唇が、味わうようにニコールの唇をこすった。

本能的に唇を開いたニコールを、レイフのうめき声がせき立てた。体のもっとも敏感な部分がざわつく。しかし、レイフは唇以外に触れようとはしない。

ニコールの鼓動は速くなり、体の奥の欲求が膨らんでいった。胸を彼に押しつけたかった。彼に抱きすくめられたかった。そして……。

レイフもその先を望んでいるのはわかった。唇の端を彼の舌先がなでる。ニコールはその舌を受け入れ、甘くけだるい快感に身をゆだねた。

味わうだけでは足りないかのように、レイフは舌を深く押し入れ、むさぼった。頭がくらくらして、ニコールは彼の肩にしがみついた。レイフが彼女の体を抱き寄せ、こわばった下腹部を押しつけてきた。

彼の興奮を感じ、ニコールの中の欲望が硬くしこった。息苦しくても、唇を離したくなかった。彼女は自分でも驚くほどの情熱を込めてキスを返した。

数秒後、レイフは体を引いて顔を上げた。興奮のあまり目がぎらつき、荒い息づかいに鼻孔が開いている。「一回のキスだけじゃ、お互いの好奇心は満たされないよ」

5

ゆっくりと理性が戻り、ニコールは激しい後悔に襲われ、かぶりを振りながら後ずさった。「わたし、なんてことを――」

レイフは両手を腰に当てて天を仰いだ。「やれやれ、まさか悪い男にだまされたうぶな乙女を演じるつもりじゃないだろうね」

レイフの言葉に、ニコールは目をしばたたいた。「そうしたいくらいだけど、わたしはうぶじゃないし、あなたが無理強いしたわけでもなさそうだから」唇を噛《か》み、懸命に落ち着こうとした。「一日の疲れにワインの酔いが重なった、とでも説明させてもらおうかしら」ニコールは家の中へ向かった。

「説明か、それとも言い訳か？」レイフはニコールのわきを倍の歩幅で歩いた。

「どっちでもいいわ。誤解させてごめんなさい」

ドアまで来たところで、レイフが前に割り込んだ。

「思わせぶりな言い方をするのは血筋か？」

「だから謝ったでしょう。いまこんなことをしてちゃいけないのよ。ジョエルのために冷静でいたいの。わたしはあの子のことを第一に考えているのよ」

「ジョエルはきみだけのものじゃない。ぼくたちはすでに深くかかわり合っているんだよ」

慎重にことを進めるべきときに、彼と関係を持つなんて、とても無理だ。タバサの警告を忘れたの？

「あなたと妹の過去もあるし」

「それは四年以上前に終わったことだ」

不満と不安がニコールの全身をちくちくと刺した。

「なぜわたしなの？　あなたならどんな女性も思いのままだろうし、実際そうしているでしょう」

「それが侮辱なのかどうかわからないが、ぼくがきみの気品と意志の強さに惹《ひ》かれたとは考えないのか？　生まれながらの美人なのに、きみはそれをひけらかさない。状況が違えば優しい女性なんだと思うし、情熱を隠し持っていることもいまわかった。自分でも気づいているだろう。いまさら忘れることなんてできない。キスをしたとき、二人とも熱くなった。いまさら忘れることなんてできると思うのか？」レイフは短く笑った。「朝目覚めたとき、あんなふうに熱く燃えることは二度とないと本当に思えるのか？」

彼の言うとおりだと、ニコールは心の奥でわかっていた。彼と一緒にいるのが危険だということも。

ニコールがぐっすり眠れたのはただ、疲れきっていたからだった。目覚めると、ジョエルはすでに朝食を終えて、プレイルームで遊んでいた。ドアベルが鳴り、家政婦のキャロルが、最初の育児ヘルパーの候補者が到着したと伝えた。

時々ジョエルの様子を見に行きつつ、ニコールは数時間かけて三人の候補者の面接をした。しかし、ジョエルのいちばんの保護者でなくなるのだと念を押される気がして、いまだに決定をためらっていた。

マディーが電話で結果を尋ねてきたので、ニコールはひと晩考えると答えた。そこでレイフが今夜戻らないと聞き、ほっとした。夕食のころにはジョエルは疲れて眠くなり、ニコールが二冊目の本を読み聞かせている途中で眠ってしまった。

ニコールはふと衝動に駆られて、プールわきのジャグジーへ向かった。ほんのちょっとだけよ。それからベッドに入って、ぐっすり眠ればいいわ。

スイッチを入れ、湯気の上がる泡立ったお湯に滑り込み、心地よさのあまりため息をもらす。母親になって以来、ジョエルの世話のために自分の楽しみはおざなりにしてきた。スパやマッサージやエステよりもジョエルのほうが大事だった。長湯さえも控えていた。いまこうしてゆっくりお湯につかってみて、どれほど癒《いや》されるかをしみじみと実感した。

レイフは静まりかえった家に帰ってきた。玄関に入ると、聞こえるのはマディーに頼んで買った、振り子時計の音だけだった。フィラデルフィアで両親が借りていた家にも似たような時計があった。

時計の音が神経をきしらせる。レイフはボトルの水をつかんで二階への階段を上り、ジョエルがぐっすり眠っている様子を確かめた。今日一日会えなくて寂しかった。それから主寝室へ入り、広い部屋をゆっくりと移動して、全面窓から外を眺めた。

明かりのついたジャグジーに、水着をまとったニコールの姿があった。彼女は浴槽の一段目に両腕を伸ばし、コンクリートの縁に後頭部を預けていた。

興奮で血がたぎるのを感じ、レイフは服を脱ぎ捨て、水着に着替えた。とっさに裸で行こうかとも思ったが、ニコールを驚かせたくはない。タオルをつかんで階下へ下り、浴槽へ向かった。

髪を後ろに流したニコールは、立ち上がる湯気の中で両目を閉じていた。レイフが浴槽へ入ると、彼女はぱっと目を開けて、湯の中に体を沈めた。

「レイフ……いただなんて気づかなかったわ」

「たったいま来たんだ。きみがあんまり気持ちよさそうだったから」

「すぐベッドに入ったほうがよかったかしら」

「どうして？」視線がニコールの胸の谷間に落ちた。

「疲れていたから」

「だからこそジャグジーでリラックスしようと思ったんだろう？　そのためにここはあるんだよ」

ニコールは深いため息をついた。「わかるけど、わたし、リラックスするのに慣れていないのよ」

「その点は変えるべきだね」

ニコールはかぶりを振った。「やることがありすぎて。アトランタに戻ったら、山のような仕事が待っているわ」

「急いでアトランタに戻る必要はないだろう。いまはジョエルにとって、とても大切なときなんだし」

レイフはまだ自分の計画をニコールに伝えるつもりはなかった。ジョエルの安心のためとぼくの楽しみのためにニコールにはとどまってもらうつもりだが、彼女が同意するにはまだいくつか障壁を突破しなければならないだろう。

「それはわかってるわ」ニコールの声は沈んでいた。

「きみはジョエルを立派に育ててきたと思うよ」

「ありがとう。あの子はちょっと恥ずかしがりで、引っ込み思案なところもあるけれど――」

「気づいていたよ。あの子に空手を習わせたらいいんじゃないかと思うんだ」

ニコールはぱっと上体を起こし、レイフを見つめた。「空手？　あの年じゃ無理よ。それに、ジョエルには非暴力主義を徹底させようと決めているの」

「空手は暴力的じゃないよ」レイフは彼女の反応に驚いた。「規律や健康や自制心を身につけるものだ。それが自信につながる。きみはジョエルに何かスポーツをさせていないのか？」

「ええ。春になったら、Tボールのチームに入れようと思っていたけど」ニコールはかぶりを振った。「あの年齢から空手をさせるのは賛成できないわ」

「ジョエルはメディチ家の人間だ。何かの理由でぼくを快く思わない人間と、いつかでくわすこともあるかもしれない。だから、自分の身を守れるようになってほしい」レイフは一瞬ためらった。「きみも何か護身術を学んだほうがいいんじゃないか？」

「わたしが？」ニコールはぎょっとした。「どうしてわたしがそんなことをしなきゃならないの？」

「そうすれば、ぼくがジョエルにすすめるわけがわかるだろう」レイフは肩をすくめた。「きみにはぼくが教えてもいい。ぼくは黒帯を持っているんだ」

ニコールのまなざしに恐怖の色がよぎった。「黒帯ね」少し具合の悪そうな様子でかぶりを振った。「空手にはあまり興味がないわ。わたし、今日はとても疲れているの。そろそろ寝ようかしら」

ニコールが立ち上がった。磁器を思わせる肌から湯がしたたり落ちる。まるで水から現れた女神だ。続いて立ち上がったレイフは、ほっそりしたニコールの体がふらついていることに気づいた。

彼は即座に両手を差し出してニコールを支えた。

「大丈夫か？」

「ちょっとリラックスしすぎたみたい」ニコールは彼の肩や胸に視線を向け、すぐにまばたきをして目をそらした。一瞬とはいえ、レイフはそのまなざしにひそかな賞賛を見て取った。よそよそしいニコールが心の中に小さな欲望を抱えていると思うと、気分がよかった。彼女の濡《ぬ》れた素肌の感触がレイフの体をこわばらせた。

「手を貸そう」ニコールを導いて段を上ると、椅子にかかったタオルを取って彼女を包み、両腕を優しくつかんだ。「ほら、中へ入ったほうがいい。でないと、体が冷えてしまう」

ニコールがビーチサンダルを履くあいだに、レイフは自分のタオルをつかんでざっと体を拭《ぬぐ》った。二人で家へ入ったところで、彼女がふと足を止めた。

「もう大丈夫よ」ニコールは低い声で言った。「ありがとう。じゃあ、おやすみなさい」

ニコールを見送るレイフの視線は彼女のむき出しの足と肩にくぎづけになっていた。自分でも驚くほどの激しい欲望に襲われ、手をこぶしに握った。ニコールは美しく気品があるが、そういう女性はほかにもいる。母熊《ははぐま》のようにジョエルを守るときの彼女が好きだ。たくましさの中の官能的な柔らかさに惹かれる。こんなに激しく女性を求めたことがあっただろうか？　彼女に拒否されているからなのか？

いつもは拒否されたりしない。頼む必要もないことがほとんどだ。女たちは自分から近づいてくるし、こちらが真剣な交際や長続きする関係を求めていないことはみんな知っている。つき合うのは知性と美しさを兼ね備えた女性に限っているが、ニコールには何か違うものがある。それを味わってみたかった。

翌朝、プレスクールへ行ったニコールとジョエルは、教師に連れられて校内を見学した。ニコールはあらを探したが〈モンテッソーリ教育〉は清潔で、職員と生徒の比率が最適だった。何より、子供たちがみな大事にされていて幸せそうだった。

家へ戻ると、ジョエルはプレイルームへ直行した。ニコールは寝室へ行って、ノートパソコンを起動し、家政婦がいれてくれたおいしいコーヒーを飲みながらメールのチェックをした。すぐに、私立探偵からの添付ファイルつきメールが見つかった。

どきどきしながらファイルを開くと、レイフの経歴についての報告が文書で現れた。生まれ、父親の死、それに続く転居。里親は精いっぱい彼を育てたものの、大学まで行かせる余裕はなかった。フットボールの奨学金で、彼は教育を終えることができた。

強い好奇心に駆られ、ニコールは続きを読んだ。高校や大学の夏休み、彼は船の上でほぼ一日じゅう働き、やがて自分のクルーザーを手に入れた。ニコールは感動せずにいられなかった。レイフは一生懸命働いて、アメリカンドリームを実現したのだ。

犯罪歴を見ると、彼はそれぞれ違う五つの件で、暴行罪で告訴されていた。

ニコールは凍りついた。深呼吸をして、続きを読もうとしたが、気が遠くなりそうになった。パソコンから離れてベッドにどさっと腰を下ろし、懸命に気持ちを落ち着けようとした。

暴行。暴行。暴行。暴行。暴行。レイフはなぜ暴力を振るったのかしら？　彼はまた暴力を振るうかもしれないの？　ジョエルに対しても？

悪寒が走った。ジョエルを傷つけるなんて許さない。そのときはなんとしてでも彼を止めなければ。

パソコンの前へ戻り、報告書の続きを読んだ。レイフはかつてマイアミの人気クラブ二軒で用心棒をしていた。彼の嫌疑はすべて仕事に関連したもので、どれも却下されている。本来ならそう知ってほっとするところだろうけれど、ニコールは違った。

レイフが暴力を振るう人なら、わたしやジョエルに対しても振るわないかしら？　ジョエルを連れて逃げたいという気持ちがわき起こってくる。もしこの思いをレイフが知ったら、二度とわたしをジョエルに近づけないだろう。オープンチケットを買っておかなければ身動きも取れない。彼女は報告書をプリントアウトしてから、マイアミ発の海外便のフライト・スケジュールを調べた。ジョエルと自分のパスポートを引き出しにしまい、錠をかける。レイフがジョエルにとって脅威になったときのために。

それから週末まで、レイフはニコールが寝たあとに帰ってきて、起きる前には家を出ていた。ジョエルを預けるつもりはないが、子供と過ごす時間が少ないという点で、ニコールは心の中でレイフに罰点をつけた。息子をないがしろにするような父親のところで、ジョエルを暮らさせるわけにはいかない。

ニコールは運転手つきの車でジョエルとプレスクールへ向かい、キスをして送り出した。おずおずと教室へ入っていくその姿に、胸が締めつけられた。

レイフさえ現れなければ、ジョエルはアトランタの家で平穏に過ごしていられたのに。

ストレスを解消するために、ニコールはプールを何往復か泳いだ。状況が違えば、久しぶりの休息を楽しむところだ。しかし実際は事情が込み入っていて、リラックスするどころではなかった。

携帯電話が鳴り、発信者がレイフだとわかった。アドレナリンが吹き出すのを感じながら、ニコールは電話に出た。「こんにちは」

「やあ、元気かい？」

「ええ、あなたは？」なんとか冷静な声を保った。

短い沈黙が流れた。「元気そうな声に聞こえないな。何かあったのか？　育児ヘルパーは問題ないか？　ジョエルの様子はどう？」

「すべて良好よ。ジョエルはいまプレスクールよ」

「それで退屈なのかな？」

ニコールは立ち上がって、プールの周囲を歩き始めた。「違うわ。ただ、働くのに慣れているから」

「その点はぼくと同じだな。いま、いい気晴らしを考えてるんだ。金曜の夜、きみとジョエルをクルージングに連れていく。戻ってくるのは土曜の夜だ」

ニコールは驚いた。「本当？　忙しいあなたがそんな時間を取れるなんて思いもしなかったわ」

「時間は作るよ。とにかくきみたち二人の必要なものを荷造りしておいてくれ。それまで、本当に退屈だったら家具でも買いに行ってくれないか？」

ニコールは目をしばたたいた。「家具を買うって、どうしてわたしが？」

「留守中の分の仕事を来週までに埋め合わせたいんだ。きみが家具を選んでくれたら、すごく助かる」

「でも、あなたの好みがわからないし」

「きみを信じるよ」レイフが言った。ニコールは自分が彼を信じていないことに罪悪感を覚えた。

「このあたりのお店をよく知らないわ」

「マディーにきけばいいよ。じゃあ、明日の夜に」

日没直前に、レイフはジョエルとニコールをクルーザーに迎えた。艇内を案内すると、ジョエルはエンジン室や娯楽室を見てはしゃいだ。出航後、三人は港の灯《あか》りを眺めながらディナーを楽しんだ。ジョエルはすっかり興奮し、なかなか落ち着かなかった。

「今夜はぼくが本の読み聞かせをするよ」

レイフの申し出に、ニコールは一瞬ためらってからうなずいた。「わかったわ」

とっさに申し出たものの、ジョエルと並んでベッドに腰を下ろしたとたん、自分がなぜ息子を寝かしつけたかったのかわかった。大きな苺《いちご》と小さなねずみの物語を読みながら、レイフは思い出していた。兄弟と一つのベッドに潜り込み、自ら作った物語を語る父の太い声に耳を傾けたことを。想像力をかき立てる冒険物語を聞くために、父の両隣の位置を兄弟たちと争った。あれほど心安らぐひとときを過ごしたことはほかになかった。

こうして息子が寄り添ってくるいま、父と子のあいだに芽生えつつある絆《きずな》に、レイフはこみ上げてくるものを感じた。ジョエルに安心を与えたい。自分が味わったような心もとなさは味わわせたくない。

「苺は好きか?」レイフはジョエルにきいた。

ジョエルは大きくうなずいた。「ねずみさんとおんなじくらい。もう一回、読んで」

レイフは声をあげて笑った。「同じ本を?」

ジョエルはまたうなずいた。「この本は世界一なんだよ」もったいぶって言った。

「なるほど」レイフはジョエルの髪をくしゃくしゃとなでた。「じゃあ、もう一度読む価値があるな」

レイフが読み始めると、ジョエルは口を動かして、声に出さずに物語を繰り返した。息子が本を暗記していると知って、レイフはとても誇らしくなった。

再び読み終え、別の本に取りかかる。やがてジョエルは彼に全身を預けて眠りに落ちた。

気を許したジョエルの姿に、レイフは心を揺さぶられた。ジョエルに信頼される父親になりたい。ならなければならない。

彼はそっと息子を上がけでくるみ、ベッドから出ると、上甲板へ戻った。

ニコールは舷側《げんそく》に立って、遠くを見つめていた。レイフは彼女の隣に立った。「ジョエルは初めてのクルージングが気に入ったかな?」

ニコールは彼を振り返った。「ええ、間違いなく」

「あの子が船に強いタイプでよかった。一応、酔い止めの薬とリストバンドは用意しておいたんだ」

「気が利くのね」

「意外らしいな」

「新米パパだもの。準備万端とは思わないわよ」

「きみはどう? クルージングは気に入った?」

ニコールは深呼吸をした。「もちろんよ」彼女が笑い声をあげる。レイフはかがみ込んで、その声を肌で感じたい衝動に駆られた。「ここはのどかね」

「いまはね。ひどい嵐《あらし》に遭ったことがあるんだ。そのときは、のどかとはほど遠かったよ」

「いつごろから船や海が好きになったの？」

「父が二度ほどぼくたちを海に連れていってくれた。ぼくはまだ小さかったけど、昨日のことのように覚えているよ」父は風に髪をなびかせながら、大声でさまざまなことを教えてくれた。恋しさと懐かしさが一気にこみ上げてきた。「優しい父親だった」

「どんなふうに？」ニコールは彼の顔を見つめた。

「誤解しないでくれ。厳しいときもあったよ。四人も息子がいて、妻が……」亡き母への思いが胸を締めつけた。「病弱だったから、父がすべてをこなさなきゃならなかった。父からは努力することを学んだよ。泳ぎやポーカーも教わった。料理もね」

ニコールは微笑《ほほえ》んだ。「本当？」

レイフはうなずいた。「ぼくの作るスパゲッティはなかなかだよ。でも、父のラザニアは最高だった。同じような味は兄弟の誰も作り出せないんだ」

ニコールはかぶりを振った。「うちの両親なんて、お湯の沸かし方も知っているかどうか」

「住む惑星が違うんだな」

「ろくなところじゃないわね」そうつぶやいて水平線に目をやり、ニコールは身震いをした。

レイフはジャケットを脱いで、彼女の肩にかけた。

ニコールが驚いた顔で彼を見上げた。

「寒そうだから。さっきからぼくばかり話してるな。きみみたいな金持ちのお嬢さんがどうやって料理を覚えたんだ？」

「寄宿学校で習ったの。選択科目だったけど、親とは一緒に暮らさないと思ったから必要だと考えて」

「そんなころから独立心が旺盛《おうせい》だったんだね」

「そうよ」ニコールは真顔で言った。「九歳のときだったと思うわ」

「きみの家庭はあまり幸せじゃなかったようだね」

「ええ。両親が円満じゃなかったの。父はひどい癇《かん》癪《しゃく》持ちで。それもあって、ジョエルには安心で幸せな生活を送らせたいと思うのかもしれないわ」

「すべての困難からあの子を守れるわけじゃない」

「でも、できるだけ近づけないようにはできるわ」

「自分が過保護だと思ったことはないか？」

ニコールは子熊を守る母熊を思わせる目でレイフを見た。「わたしの親としての能力を疑っているの？」

「きいてみたかっただけさ」

「経験不足だからそう思うのね」

「親としての経験は浅くても、男としての経験はある」

「男の子を立派に育てたシングルマザーは多いわ」

「でも、きみにその必要はないだろう。ジョエルの父親であるぼくがここにいるんだから」

彼女は肩をいからせた。「あなたがどれくらいあの子の人生にかかわりたいのかまだわからないわ」

その冷静な態度がレイフを苛立《いらだ》たせた。「深くかかわりたいよ。今後ジョエルはぼくと多くの時間を過ごすことになる。肝に銘じておくべきだね」

「今後のことはまだ決まってないわ」

「いや、違う」レイフはニコールの腕に手をかけた。ニコールがその手を見つめてきたので、そっとどかした。「父親不在なんてことにはしない。息子と常にかかわれるように生活スタイルも変える」

「そんな簡単なことじゃないわ。親の立場は、ただ引き継ぐだけのものじゃないのよ」

「ぼくはジョエルと暮らすつもりだ。きみもそういう認識でいてくれ。息子の親権を取るのに、きみの許可は必要ないんだよ」

ニコールは目をまるくした。「脅すつもり？」唇を噛《か》んで続ける。「タバサがあなたのことをいばり屋だって言っていたけど、よくわかったわ」

「タバサね」彼は吐き捨てるように繰り返した。「ぼくが結婚を申し込んだら、笑い飛ばした女か」

ニコールは息をのんだ。「プロポーズしたの？」

「ぼくは遊ぶにはいいけど、長くつき合うタイプじゃないと言われたよ。ぼくの子を妊娠したことも教えてくれなかった。ふしだらだから、誰の子かわからなかったっていうならしかたないが」

ニコールは呆然《ぼうぜん》とした。「もうこの世にいない人間を、そんなふうに侮辱するなんて」

「子供のことを黙っていた彼女が悪いんだ」

ニコールは不安と怒りがにじむまなざしでレイフを見た。「どうしてジョエルが欲しいの？　妹に対する仕返し？　それとも、自己満足のため？」「それはきみがその言葉にレイフは腹を立てた。

もっと広い心を持ったときに答えるよ」

「見くびらないで。ジョエルを守るためなら、なんだってするわ」

「じゃあ、もっと賢くなったほうがいい。ぼくと争って時間を無駄にするより、こっちへ越してきて、ぼくのところで働いたらどうだ」

ニコールはあきれ返った。「冗談でしょう。いまの生活を捨てて、あなたに支配されろというの？」

レイフはとげとげしい声で笑った。「お互い、心からジョエルのためを思っているのに、どうしてぼくがきみを支配しなきゃならないんだ？」

ニコールは唇を噛み、ジャケットを彼に返した。

「わがままを通すのにずいぶん慣れているのね」

「たいていの場合はぼくが正しいからね」

「傲慢《ごうまん》だわ」

「いや、それが真実だ」彼は苛立たしげに髪をかきむしった。「いちいち逆らうのはやめないか？」

「ここに来ることには逆らわなかったでしょう」

「ノーという返事は受けつけない」

「そう簡単にはいかないわ。わたしたちの生活にずかずか入り込んで、何もかも変えようとしても無理よ。こういうことには時間と信頼が必要なのよ」

「始めるならいまなんだ。ジョエルは幼いから、ぼくたちが躊躇《ちゅうちょ》せずに前へ進めば、すぐ新しい生活になじむだろう」レイフにはよくわかっていた。家族を亡くしたときにいまのジョエルより数歳年上だった彼は、完全には立ち直ることができなかった。

「悪い提案じゃないはずだ。マイアミへ引っ越して、プールつきの快適な家に住む。働く必要もない」

「父と住めばアトランタでもできる生活ね」ニコールは苦々しげに言った。「あなたは父と同じね。主張を通すためにほかの人を支配するのよ」

「ジョエルのためだ。きみはあの子のたった一人の母親だ。温かく包み、食事を与えて寝かしつけ、安心させてやるのがきみだ。子供には愛情深い父親も必要だ。きみが越してくれれば、ジョエルは人生でもっとも大切な二人と一緒に暮らせるんだ」

6

レイフの言うこともももっともだ。そう思いながらニコールは部屋に戻り、ベッドに入った。穏やかな波の揺れが心地いい。ジョエルにとってはわたしとレイフが仲良くしたほうがいいし、一緒に暮らしたらもっといいだろう。でも、それはありえない話だ。

彼が見た感じのままの人だと確かめることさえできたら。強くてハンサムで優しくて責任感が強い、すべての女性にとって理想的な男性。この四年間、夢見る時間などほとんどなかったわたしにとっても。だけど、彼を信じるなんて無理よ。あんな報告書を読んだあとでは、とても気を許せそうにない。

レイフは本当にタバサに恋をしたのかしら？　そ

れとも、のぼせ上がっただけ？　もし彼が見たとおりの人なら、タバサがいくら浅はかでも、彼を捨てるなんてできる？　そこがわからない。タバサは昔から富も名声もある男性と結婚すると言っていたけれど、本気ではなかったの？

出産後、タバサは王子様を見つけるためにシェイプアップするのだと言って、厳しいエクササイズで妊娠太りを解消した。ニューヨークやロサンゼルスやアトランタでパーティに出かけ、医者がペースを落とすように言っても聞き入れなかった。

ニコールは深く息を吸い、亡き妹の安らかな眠りのために黙祷《もくとう》した。両目を閉じ、規則正しい揺れに気持ちを集中して、ゆっくり眠りに落ちていく……。

ふと目を開けると、レイフがベッドのわきにいた。昇り始めた朝日を広い肩がさえぎっている。岩を思わせる胸が目の前にあった。たくましい筋肉、日に焼けた肌。

肉体的な強さに惹《ひ》かれる半面、恐れも感じた。これほど力強い男性がそんなに優しいはずがない。

まばたきとともに目を開いた彼がじっとこちらを見すえる。「眠っていると思っていたよ」上がけの中へ滑り込んできた彼の手がむき出しのヒップに触れた。「ゆうべ、神経を静めてあげたはずだが」唇に彼の人差し指が当てられた。「キスが足りなかったのかな」体が彼のほうに引き寄せられる。

ほてりが全身を駆け巡った。やすやすともてあそばれ、つい笑ってしまう。「そんなこと言ってないわ。ただ、あなたを見ていただけよ」

「触れられるのに、なぜただ見ているんだ？」片手が彼の胸へと運ばれると同時に、唇が重なった。

興奮が唇から全身に広がる。レイフは満足を知らないかのようにむさぼり続けた。彼の唇が肩をはい下り、快感の波紋を残していく。

じらすように乳房の両わきを愛撫《あいぶ》され、こらえきれずに先端を彼の手のひらに押しつけた。

レイフは低く毒づいた。それは喜びの声だった。

「いいね、その動き」両脚のあいだに彼の手が滑り込み、熱く濡《ぬ》れている場所に触れた。「もうその気なのか？」

わたしを四六時中その気にさせているくせに、本当に気づいていないのかしら？「いけない？」息が弾んでいるのが自分でもよくわかった。

「いけないとしたら、お互いさまだ」手が彼の高まりに導かれた。

そっと手を滑らせ、愛撫する。

レイフが真剣な目で言った。「きみが欲しい」

弱い立場のはずの自分が彼に強い影響力を持っていることが意外だった。突然、触れるだけでは足りなくなった。「わたしもあなたが欲しい」

レイフが仰向けになり、その上に引き上げられた。

「きみが動いてくれ。ぼくが動いたら、一分で終わってしまいそうだ」

笑い声をあげながら、ニコールはくらくらするほど興奮していた。上半身を起こし、彼の頭の両わきに手を突いて、彼の目をのぞき込む。レイフの両手に腰をつかまれ、二人の体はぴったりと重なった。

「ゆっくり頼む。きみはぼくの自制心をめちゃくちゃにするから」

じわじわと腰を下げていくと、体の奥に彼のうめきが響いた。男性に対してこれほど奔放になれるとは思いもしなかった。こんなに官能的で、情熱的な……恋をするなんて……。

ゆっくりと目を覚ましたニコールは、まだ夢を見ているような錯覚に襲われた。笑い声が聞こえる。ジョエルだ。彼女は微笑《ほほえ》んだ。どこにいても息子の笑い声はわかる。直後に、男性の低い笑い声が聞こえ、ニコールは目をしばたたいた。レイフだわ。

頭が混乱し、ニコールは上半身を起こして、さっきまでの熱い情景を理解しようとした。このベッドにレイフがいたの？　体は興奮でほてっている。両手で寝間着を確かめ、恥ずかしさがこみ上げた。

いったいどうしたの？　信じてもいない人とのエロティックな夢を見るなんて。もしかして彼に対する気持ちは、自分で思う以上に複雑なのかしら。ニコールは信じられない思いでかぶりを振った。

「しいっ、ママを起こしちゃだめだよ」ドアのすぐ外でレイフの声がする。

「ぼくが起こすと、ママ、よろこぶんだよ」ジョエルの声だ。「ぼくがベッドにとびのったら、ママ、笑うんだ。いっしょに来てもいいよ」

妙な夢を見たために動揺したまま、ニコールは慌ててベッドを下りてドアを開けに行った。「笑い声が聞こえたから」ジョエルに視線を据えて言った。

ジョエルはまだ恐竜のパジャマを着たままだった。

「ぼくたちの声だよ」小さな指でレイフをさした。

レイフが前へ進み出て、側柱にもたれかかり、ニコールの視線と息を奪った。体にぴったりとした黒いTシャツとショートパンツといういでたちだ。

「誰かさんは朝から元気だよ」レイフはニコールの全身をさっと眺めてから視線を合わせた。

「この子は寝起きがいいのよ」ニコールは気恥ずかしさを感じた。「そうよね、ジョエル？」

ジョエルはニコールの腕に飛び込んできた。彼女は愛する息子を抱き寄せ、体をくすぐった。笑いころげる息子に、にっこりと微笑んだ。

「この声を瓶につめておきたいな」レイフが言う。

ニコールはうなずき、ジョエルを抱き締めた。

「ママ、パンケーキを食べるんだよ。いちごとチョコレートチップをのせるの」

「両方一緒にじゃないよ」レイフはジョエルの頭を

なでた。「ほかに何をするかもママに教えなさい」

「お魚だよ。お魚をつかまえに行くの」

「捕まえた魚はどうするのかしら？」

ジョエルはニコールを見てから、レイフを見上げた。「つかまえたお魚はどうするの？」

「ほかの誰かが捕まえられるように逃がそうか？」

ジョエルは戸惑いの表情を浮かべた。「一匹だけ、残してもいい？」

「それはどうかな」

「だめなんだね」ジョエルは落胆の声を出した。

「水槽を買えばいいかな」レイフは言った。

「水槽は大げさよ。ベタみたいな小さい観賞魚でも一匹いればいいのよ」

「よし。じゃあ、捕まえに行こう。長期戦のつもりで」レイフはジョエルを抱き上げた。

ニコールは二人が似ていることにはっとした。ジョエルの目が青い点を除けば、まるで生き写しだ。

二人の共通点に気づいたのは初めてではないが、そのたびに父と子の絆《きずな》が深くなっていく気がする。

ニコールは息を整え、レイフの言葉に意識を戻した。

「問題は誰かさんの興味が長続きしないことよ」

「ああ」レイフはうなずいた。「ごもっとも。そのときは帰りにベタを買おう。きみも一緒に行く？」

「着替えてからね」

「その必要はないよ」レイフの目が再びニコールの全身を眺めまわした。「普段着でいいから」

「すぐに行くわ」ニコールはドアを閉めた。心臓が高鳴っている。「しっかりしなさい」彼女はいまだに官能的な夢に動揺している自分を戒めた。

ジョエルは一日じゅうはしゃいでいた。息子から手をつないでくることが何度かあり、レイフは信頼の兆しを感じてほっとした。ジョエルは新しい環境になじんでくれそうだ。日に日にぼくへの信頼が増し、さらには愛情も生まれてくるかもしれない。ニコールの協力があればもっと早くなじめるだろう。レイフは彼女との距離も狭まってきているのを感じた。

ニコールも楽しそうにしていたが、レイフは何度か、彼女の好奇心と懐疑心の入りまじった視線に気づいた。疑われていることが、彼にはもどかしかった。

その晩、ジョエルが早く寝ついたので、レイフはこの機会にニコールをパティオでの夕食に誘った。

「大人になってから、殴り合いのけんかをしたことはある?」食事のあと、ニコールは彼にきいた。けんかに関する質問は二十問目くらいだった。

「ああ、あるよ。マイアミのクラブで用心棒をやっていて、力に訴えなきゃならないことが数回あった。でも、それだけだよ。どうしてそんなことをきくんだ?」レイフは彼女の目をまっすぐに見すえた。

ニコールは唇を噛《か》んだ。「あなたの考え方を知りたいだけよ。肉体的な威嚇が必要だと思うのか」

「まれに必要だね。誰かがきみやジョエルを攻撃してきたら、ぼくはきみたちを守る。そうしないと、男じゃないからね」

「どういう意味、男じゃないって?」

「きみたちが攻撃されるのを黙って見ていられるわけがない。ぼくは息子を、息子の母親を守るんだ」

ニコールは彼をまじまじと見た。「子供には体罰を与える? それと……」いったん言葉を切り、やっとのことで続けた。「女性にも暴力を振るう?」

レイフは嫌悪感をあらわにした。「男は、子供や女性に対して力を振るわないものだ」

ニコールは再び唇を噛んだ。「本当にそう思っているのね」不安げな声で言う。

「もちろん。弱い者につけ込むのは腑抜《ふぬ》けのすることだ。いったいなぜこんなことばかりきくんだ？」

ニコールは目をそらした。「哲学的な興味よ」

「それだけとは思えないね」

ニコールは肩をいからせた。「ジョエルの世話にあなたが加わったらどんなふうになるか知りたいの。体罰に関しては人によって考えが違うでしょう」

レイフはニコールをしげしげと見た。「つまり、ぼくがあの子を虐待するんじゃないかと恐れているんだね？」

鼓動が跳ね上がり、ニコールの胸は締めつけられた。彼女はこみ上げる感情をぐっと抑えた。「あなたの考え方をしっかりと理解したいのよ」

「前にも話したじゃないか。ぼくは子供のころ体罰を受けたが、もっといいしつけの方法があると思う。ぼくのいちばんの目標は自分の子を守ることだ」

まるで現代の勇士だ。ニコールは懸命に、彼の言葉と自分の父親の行動を切り離して考えようとした。

「ぼくに話してくれていないことがあるようだね」

レイフは目を細く狭めた。

ニコールは視線をそらした。「あんまり突然、ジョエルの人生にあなたが現れたから」

「この形はぼくが選んだわけじゃない」

「そうね。でも、あの子を守りたいと思うのはあなただけじゃない。あなたがどんな教育を受けて、どんな価値観を持っているのかがわからないわ」

レイフの中に過去の苦い思いがよみがえった。

「つまり、ぼくが下品で貧乏な育ちだからか。だんだんものの言い方が妹と同じになってきたな」

ニコールの口から小さなあえぎがもれた。「違うわ。そんなつもりで言ったんじゃ――」

レイフは片手を上げた。「もういい。何度も聞かされたことだ。うちの家庭は貧しかったけど、父はぼくたちを愛してくれた。父とレオが亡くなったあと、母が病弱だったために、ぼくは里子に出された。

里親は家計を助けさせる目的もあってぼくを引き取った。数年前まで、兄弟たちとは連絡も取れなかった。生まれてからの九年間は夢だったんじゃないかと思うことがあるよ」ふと言葉を切って、かぶりを振る。「見せかけだけで、ぼくには本当の家庭がなかった。家族の写真も持っていない」彼はつぶやき、ニコールのほうを向いた。「きみの両親は毎年きみとタバサの肖像画を描《か》かせたんだろうね」

「写真もたくさんあるわ」

「そんなことはどうでもいい。大事なのは、ジョエルがぼくの息子で、ぼくがあの子を育てようと思っていることだ。じゃあ、おやすみ」外へ出なければ。家の壁が押し迫ってくる気がする。いや、全身の骨が内臓を締めつけているのだろうか。

車のキーをつかんだレイフはふと動きを止めた。勢いに任せて出ていくなんてできない。いまはジョエルのことを考えよう。彼はニコールに向き直った。

「車で出かけてくる。家政婦にジョエルから目を離さないように言っておく。携帯電話は持っていくから、必要があったら連絡してくれ」

ニコールはうなずいた。「わたしの話を誤解しているみたいだけど――」

「とんでもない」声がとげとげしいのが自分でもわかった。「二、三時間で戻る」

ビンテージのコルベットに乗り込んで幌《ほろ》を下ろし、港へ向かう。顔に吹きつける風が苛立《いらだ》ちを少しだけ癒《いや》してくれた。ニコールに信頼されていないことで、ここ数年ないほど激しい苛立ちを感じた。

ぼくを求めているくせに、ニコールはずっとためらっている。彼女にはタバサよりもはるかにいらいらさせられる。いや違う。あのときは真っ逆さまにタバサの魅力に陥落したのだ。いまはもっと自制心がある。愛情なんて、ただ欲望を言い換えただけじゃないか。

タバサのときと同じように、ニコールにも上品さに欠けると言われたからって、気にする必要などないはずだ。とはいえ、どうしても気になってしまう。

苦い味が口の中に広がった。ほかの女ならどうでもいいが、ニコールはジョエルの母親だ。否が応でも、彼女をこちらの考えに引き入れなければならない。

こんなジレンマに陥ったのは生まれて初めてだ、とニコールは思った。レイフがジョエルのいい父親になるかどうか確かめるのは当然のことだけれど、レイフを苦しめると思うとつらい。妹と彼の過去を思えば、こんな感情を持つこと自体どうかしているけれど。

なぜ彼を傷つけたくないの？　レイフがジョエルの父親だから？　それだけじゃない気がする。ずっと遠ざけてきた感情を、レイフの何かがかき立てるのだ。いまはそういう感情は捨てなきゃだめ。

五日後、社会福祉課から訪問の予定を決めるための電話があり、ニコールは渋々レイフに連絡した。

「向こうの目的はなんだ？」レイフがきいた。

「ジョエルとあなたの様子を見て、ジョエルが順応しているか確かめるのよ」衝突したあの晩以来、二人はほとんど言葉を交わしていなかった。

「きみは相手にどんなことを言ったんだ？」

「あなたとジョエルがクルーザーでとても楽しく過ごしたと伝えたわ。ただ、あなたはそれ以降、話題になるような新しい材料を与えてくれないけど」

「それも言ったのか？」怒りを含んだ声だ。

ニコールはかっとなった。「クルーザーの話だけよ。でも、あとの話だって嘘《うそ》じゃないわ。あなたは父親業が時々やる儀式じゃなく、毎日の義務だってことを理解していないみたいね」

「留守中の仕事の埋め合わせがまだ終わらないいん

だ」彼は早口で言った。「福祉課の人間はいつ来るんだ?」

「あなたが準備できるように先に連絡したのよ」

沈黙が流れた。「ありがとう。土曜はどうだ?」

「先方は週末に仕事をしたがらないと思うわ」

「わかった」少し間を置いて、彼は言った。「火曜だな。火曜の午後はプールで過ごそう。ジョエルが喜ぶだろう。金曜日にはまた船で出かけよう」

ニコールはジョエルと自分の荷物を用意し、桟橋でレイフと落ち合った。二人のあいだでひりつくような暗黙の何かが交わされた。レイフが手を伸ばすと、ジョエルはためらいがちにその手をつかんだ。

レイフはいぶかしげにニコールを見た。

「三歳児にとって、一日は一週間なのよ」

「もっともだな」

レイフが息子を楽しませようと努力した甲斐《かい》があり、夜には、ジョエルも彼の寝かしつけを受け入れるまでになった。ニコールは矛盾する感情を胸いっぱいに抱えて甲板をうろついていた。吹きつける風が迷いも吹き飛ばしてくれることを望みながら。

「ぼくのことをあの子にどう話したんだ?」背後からレイフが声をかけてきた。

ニコールは目を閉じ、腕組みをした。「あなたが仕事で忙しいこと。それからとても大事な仕事をしていて、たくさんの人に信頼されていることよ」

「そんなんじゃ納得できないだろう?」疑問ではなく断定だった。レイフはニコールの横に立った。

「少しのあいだはいいけど、ずっとじゃね。父親という立場はかなりの時間、拘束されるものなの。あなたにその覚悟があるかどうか確信が持てないわ」

レイフは眉を寄せた。「社会福祉課の人間にもそう言ったのか?」

「まさか」

「どうしてだ？　そう思っているんだろう？」

ニコールは目をそらし、肩をすくめた。「あなたは新米パパだもの。失敗して当然でしょう」

沈黙が流れた。「どういう意味だ？」

ニコールは彼と視線を合わせた。「考えてもみて。あなたは父親になる訓練をどれだけした？」

「まったくしてないが――」

「でしょう。たぶん、たいていの人と同じように、簡単にできると思っているのよね。だけど、そうじゃないの。努力が必要なのよ」

風がレイフの髪をなびかせた。「ぼくがきみの立場なら、ひそかにきみの妨害をするところだよ」

「それも考えたわ」ニコールは淡々と認めた。

レイフは目をまるくした。「じゃあ、なぜそうしなかったんだ？」

ニコールはため息をついた。「理由はいくつかあるけど、最終的にジョエルのためにならないからよ。それと、あなたが自分で墓穴を掘っているようだから、わたしの手出しは必要ないと思って」

レイフは口もとを少し歪《ゆが》めた。「そこがきみと妹のまったく違うところだな」

「ほめているの、けなしているの？」

「ほめてるのさ。正直さもきみの魅力の一つだよ」

ニコールはどう反応したものかわからなかった。

「この件では協力してもらわないと」レイフはニコールの手を取って、自分の唇へ運んだ。

ニコールの鼓動は跳ね上がった。「協力は二人でするもので、一人でするものじゃないわ」

レイフは片眉をつり上げた。「ぼくが怠け者だと言いたいのか？」

つい微笑んでしまいそうで、ニコールは唇を噛んだ。「わたしは五日間も行方不明になったことはないわ」

「気づいていたのか。日数まで数えていたんだな」

「ジョエルのためよ」

レイフはのろのろとうなずいた。「ごもっとも」

翌日、レイフとジョエルは魚釣りをした。レイフはニコールにも腕試しをさせた。魚を釣り上げたときの彼女の歓声に、レイフは思わず笑い声をあげた。

桟橋へ向かう途中、マディーが待っているのが見えた。「くそっ」レイフはつぶやいた。「まだ一日もたってないのに」

「何かあったの？」ニコールが後ろからきいた。

「マディーがいるってことは、何かぼくに知らせるべき話があるんだろう。早急に」レイフはがっかりしている自分に驚いた。今夜はジョエルとニコールと一緒に静かに過ごすつもりだったのだ。

「でも彼女、仕事用の服装じゃないみたいよ」

秘書の黒いドレスを見て、レイフは肩をすくめた。

「パーティでもあったんだろう」

船が停《と》まると、マディーが手を振った。乗務員の一人がタラップを下ろし、彼女はすぐにクルーザーに乗り込んだ。「おかえりなさい。戻るまで待とうかと思ったんだけど、クロフォード社との取り引きが危ないの。彼はこの週末、あなたも援助しているチャリティ・イベントに出るためにフォート・ローダーデールに滞在しているわ。だから、すぐに向かって事態を収拾して。わたしが車で送るから」

レイフは首を横に振り、仕事を早めにすませる策を考えた。「いや、いい。自分で運転するか、ダンに頼むかする。それは退役軍人のイベントだな？」

「ええ、そうよ」マディーは落胆したようだった。

「本当に車で送らなくていいの？　構わないのよ」

「大丈夫だ。退役軍人か……」レイフはニコールをちらりと見た。「よければきみも行かないか？」

ニコールは驚いた。「どんなイベントなの？」

「心的外傷後ストレス障害《PTSD》に苦しむ退役軍人のための募金を目的に、ヨットクラブがフォート・ローダーデールで催すイベントだ。講演をするのは誰かわかるか？」レイフはマディーにきいた。

マディーはためらってから、ため息まじりに答えた。「ジェラードなんとか」

「ジェラード・トーマスね」ニコールは微笑んだ。「一緒に仕事をしたことがあるわ。彼のスピーチはすばらしいのよ」

「じゃあ、一緒に行こう」

ニコールはマディーのほうを見てから、レイフに向き直った。「本気で言ってるの？」

「ああ」

「ジョエルはどうするの？」マディーがきいた。

「ニコールのいない家に置いていって大丈夫？」

「ジョエルは早く寝ると思うし、育児ヘルパーを雇ったのはこんなときのためでもあるんだ。決まりだ。ニコールに同行してもらう」

「マディーはがっかりしたみたいだったわ」お抱え運転手のダンが運転するリムジンでフォート・ローダーデールへ向かいながら、ニコールは言った。「どうして？　時間外勤務を免れるのに」レイフはジャケットのボタンを外した。「今回の件はフロリダ南部での優位を示すチャンスなんだ」

ニコールは再びレイフと秘書の関係に疑問を持ったが、詮索《せんさく》はしたくなかった。「わたしにここのよさを売り込むつもりなら……」

「つもりなら？」

「今日は最高の天気ね」

「最高だね。アトランタは霧雨で気温四度だった」

「確かに気候の面ではアトランタの負けね。ただし、ハリケーンの季節を除いて」

「ハリケーンが来たら、アトランタかラスベガスの兄弟のところへ行けばいい。でなきゃ、別荘のあるアスペンに行こう。きみがその気なら、イタリアへ行くのもいい。ダミアンに頼めば、うちの先祖が住んでいた城に泊まる手配をしてくれるよ」

「面白そうね」ニコールは父と暮らしていたころの贅沢《ぜいたく》な生活を思い出した。「あなたの一族はいつごろまでイタリアに住んでいたの？」

「祖父の代になって、事業で理不尽な契約をして、屋敷をだまし取られたんだ」

「ひどい話ね」

「ああ、でも、そのおかげで父がアメリカに来ることになって、ぼくはこの国で生まれた。その点はよかったと思っているよ。きみの先祖もかなり昔までたどれるんじゃないか？　きみはきっと、数少ない排他的な婦人会の一員なんだろうね」

いわゆる血統について、ニコールはあまり考えたことがなかった。もっと大切なことがたくさんあるのだ。「わたしの会員資格、きっと失効しているわね」彼女は自嘲《じちょう》的な口調で言った。

レイフはにやりとした。「会合に出られなくてもちっとも寂しくないだろうね」

「それは違うわ。組織自体が悪いわけじゃないもの。奨学金を出したり、慈善事業をしたり、すばらしい活動をしているのよ」

「いくつぐらいの会合に出席したんだ？」

「大学の休暇中に二、三回。母と父に強制されて」

「いつから行かなくなったんだ？」

「家を出て自活し始めてからよ」

「それを一年でやってのけたんだったね」

「探偵が調べた身上書にあったのね」ニコールは罪悪感のうずきを感じた。自分も彼についての報告書を持っていることは、打ち明けていない。

「ああ。きみは家を出てすぐ両親に反旗を翻した。どうやってそんなにすぐ家を買えたんだ？」

「その情報が入っていないのは意外ね。母方の祖父が信託財産を少し遺《のこ》してくれたの。すぐに節約の楽しみも覚えたわ」

「ぼくたちにはきみが思う以上に共通点がある。節約術ならぼくは早くから覚えた。きみはあとからだから、節約を学ぶのも楽じゃなかっただろう」

「実は本で学んだの。必要なものと欲しいもの。予算の組み方も学んだわ」ニコールは笑った。「タバサは予算なんて言葉は汚らわしいと思ってたわ」

「だろうね。サウスビーチで何回か買い物につき合ったことがあるからわかるよ」

「妹と買い物に行ったの？」ニコールは驚いた。レイフがそこまでタバサを甘やかしていたなんて。

「宝石を買いにね。彼女はダイヤモンドを欲しがったけど、指輪を選んだことは一度もなかった」

「まあ」ニコールは妹の欲深さに恥ずかしくなった。

「ごめんなさい」

「人は経験で学ぶものだ。昔のぼくなら、そういうところも彼女の魅力だと言っただろう」

「それで、いまは？」

「タバサは金食い虫だ」

ニコールは妹をかばうことができなかった。レイフの言い分も一部は正しいからだ。

「きみとはまるで違う」レイフはニコールを見つめた。「きみに先に出会っていたらどうだっただろう？」

「何も変わらないわよ」体が彼のほうに傾き、彼の膝に手が触れそうになっていることに気づき、ニコールは深く座り直した。「その話は前にもしたでしょう。タバサは蜂《はち》を寄せつける花みたいに男性を引きつけるの」

「タバサといて苦労するのは、彼女を楽しませることだった。きみの場合は扉の中へ入れてもらうことだ。窓からはのぞき込めるのに」レイフは彼女の額に片手を滑らせた。「中には実にいろいろなものがある」

「苦労する価値もないわよ」ニコールは軽い口調で言ったものの、自分が震えているのはわかった。

レイフはかぶりを振り、親指で彼女の唇をなぞった。「きみは大嘘つきだよ、ニコール。そういうところが好きなんだけどね」

チャリティ会場に到着すると、レイフは取り引き先の人々にニコールを紹介した。彼女は中座して講演者に挨拶《あいさつ》に行った。男性を相手に熱心に話す彼女が気になり、レイフは苛立ちを抑えきれなかった。

顧客のほうへ注意を戻したレイフは、その客が少し前にニコールの父親と話していたことを知り、いやな気分になった。ぼくの会話の内容を知ったニコールが父親に情報をもらしたということはないだろうか？　そう考えると、頭にかっと血がのぼった。

ニコールが近づいてきたので、レイフは確かめてみることにした。「ニコール、デレク・クロフォードを紹介するよ。彼は船のリース会社を経営していて、この一カ月間、一緒に仕事をしてきたんだ」

デレクはエゴの塊のような中年の男だ。ニコールの姿を見て、少し背筋を伸ばした。

「デレク、こちらはニコール・リヴィングストン」

レイフはニコールとデレクの両方を観察した。デレクの笑みが少し陰った。

「リヴィングストン？」デレクは繰り返し、せき払いをした。「これは奇遇だ。まさかコンラッド・リヴィングストン船舶とは関係ないだろうね？」

ニコールはうなずいた。「コンラッドは父です」相手と握手をする。「お会いできてうれしいわ。頭の切れる実業家だとレイフから聞いています。お互い馬が合って、仕事もうまくいくんでしょうね」

「お父上のビジネスはどうかな？」デレクは抜け目ない笑みを浮かべて尋ねた。

「父は仕事と家庭を分けていましたから、実際にはよくわかりません。成功しているのは確かでしょうけど」ニコールは淡々と言った。「普段、フォート・ローダーデールで暮らしているんですか？」

「クルーザーを数艇持っているから、どこでも好きなところで暮らせるんだ。お父上を通じてでなければ、どうやってメディチと知り合ったんだい？」

ニコールはためらった。「亡くなった妹を通じてです。あら……」客席のほうに移動する群衆をちらりと見た。「そろそろ基調講演が始まるみたい。お会いできてよかったわ、ミスター・クロフォード」

「こちらこそ」デレクはレイフのほうを向いて両眉をつり上げた。「また連絡するよ。リヴィングストンとメディチの組み合わせとは、かなわないな」

「みなさん、どうぞ席に着いて、来賓講演者をお迎えください」会場の前方で男性が告げた。

「さあ」レイフは彼女を前方のテーブルに導いた。

背中に触れたとたん、ニコールは体をこわばらせた。「今夜わたしを連れてきたがったのはそういうわけなの？　今回の件で父と競っているから？」

「何を言ってるんだ？」レイフは低い声で言った。

「取り引き先の前でコンラッド・リヴィングストンの娘を連れ歩くため？　わたしを利用して商売を成功させるためなの？」

レイフは眉を寄せた。「逆だよ。きみの父親がぼくの取り引きを奪おうとしていることは、今夜クロフォードを通じて初めて知った。もしかしてぼくの取り引き話を盗み聞いたきみが、父親の手引きをしたんじゃないかと思ったくらいだ」

呆然《ぼうぜん》とする彼女を見て、レイフは答えを得た。ニコールが取り引きの妨害をしたわけではなかったのだ。

ニコールの青い瞳が怒りでぎらついた。「わたしのことがまるでわかっていないのね」そう言い、講演者のほうに注意を向けた。

講演中もずっと、ニコールは怒りをたぎらせていた。レイフは彼女を連れ出して仲直りをしたいと思いつつ、じっと時間が過ぎるのを待った。二人にはサウスピーチへ戻る長い道のりがある。

二番目のスピーチが終わると、ニコールがぱっと立ち上がった。レイフも一緒に立ち、そっと彼女の手首をつかんだ。

ニコールは振り向き、彼の手を意味ありげに一瞥《いちべつ》した。「講演者に挨拶しに行きたいのよ」

「ぼくを紹介してくれ」

ニコールは苛立たしげに息を吸い込み、彼の手を振りほどいて、会場の前方へ向かった。「いつもどおりすばらしかったわ、ジェラード」

丸坊主で粗野な感じの男が顔をほころばせ、ニコールに近づいてきた。彼が少し足を引きずっていることに、レイフは気づいた。「アトランタ一の美人にほめられると、いつもながらうれしいよ。スピーチの前は少ししか話せなかったから、きみがここで何をしているのか聞かなかったね」ジェラードは彼女の肩ごしにレイフと視線を合わせた。「きみたちは一緒に――」

「ニコールと二人で来ました」レイフは片手を差し出した。「レイフ・メディチです」

ニコールは彼を横目でちらりと見た。「こちらはジェラード・トーマス。元海兵隊員だけど――」

「海兵隊員はいつまでたっても海兵隊員だ」レイフは彼女に代わって続けた。

ジェラードはニコールとレイフの関係を推し量るような目でうなずいた。「引っ越してきたのか?」

「そうじゃなくて――」

「そう勧めているところです」レイフがさえぎった。「込み入った事情があって。レイフはジョエルの実の父親なの」

「へえ、彼とかかわりがあったとは知らなかった」

「いまもかかわっていますよ」レイフは言った。

「いまは親権の移譲期間なの。レイフはサウスビーチに住んでいるのよ」

ジェラードはうなずいた。「きみがいなくなったら、アトランタの退役軍人たちが残念がるな」

「まだ何も決まっていないわ」

「ぼくの住まいはここから遠くないから、こっちで働くと決めたら連絡してくれ」ジェラードはレイフに向き直った。「会えてよかったよ、ミスター・メディチ。我々はみんなニコールを高く買っている。ニコールはすばらしい女性だ。彼女はジョエルを何より大切にしてきたんだよ」

「いまもそうですよ。ぼくもお会いできてよかった」ジェラードと話をしようという人々が押しかけ、レイフはニコールとともにわきにどいた。「そろそろ行こうか？」彼はニコールに声をかけた。


ニコールが黙ってうなずいたので、レイフはお抱え運転手に連絡をした。二人が外へ出ると、リムジンが現れ、ダンがすばやくドアを開けた。

レイフはニコールに続いて車に乗り込み、運転席との仕切りを下ろした。そのとき、彼の携帯電話が鳴った。クロフォードの取り引きについてマディーが尋ねてきたのだ。「うまくいっているよ」

「朝そっちへ行って打ち合わせをしましょうか？」マディーは言った。「今回は大口の取り引きだし」

「その必要はないよ。このままぼく一人で進める」

「わかったわ。ところでグランドケイマン島であなたが興味を持ちそうなクルーザーを数隻見つけたの。明日さっそく飛行機で行ってみる？　手配はできるけど」

レイフはニコールをちらりと見た。彼女は水のボトルを開け、雑誌をぱらぱらとめくっていた。「いや、明日はほかに予定があるんだ」

「そう。でも、いい取り引きを逃すのはいやでしょう。これは赤字覚悟の投げ売りだと思うわよ」

「慌てる必要はない。じゃあ、月曜の朝に会おう」

レイフは電話を切り、視線をニコールに向けた。洗練された黒いドレスは襟ぐりが深く、彼の視線を胸もとに引きつけた。ブロンドの髪は絹のような光沢がある。この髪を体じゅうの肌でじかに感じたい。

胸を締めつける独占欲に、レイフは驚いた。

「きみとジェラード・トーマスについて、知っておくべきことはないか？」

ニコールは驚きの目で彼を見た。「どういう意味？　彼なら二年前からの知り合いよ。九・一一後に重傷を負って、名誉除隊したの。いまは退役軍人の代弁者として精力的に活動しているわ。ずっとわたしの力になってくれていて、ジョエルにも優しくしてくれるのよ」

「ジョエル？」レイフは繰り返した。「彼はいつジョエルと会ったんだ？」

「彼がアトランタに来たときに何度か。いつも玩具《おもちゃ》を持ってきてくれるの」

「きみは誰ともつき合っていないと言っていたじゃないか」

「そうよ。ジェラードは仕事仲間で友人だもの」

「その先を望まないとは思えないな」

ニコールは肩をすくめた。「デートに誘われたことは二、三度あったけど……」ニコールは言葉を切った。「タイミングがよくなかったのよ」

「いまは？」

「いまはもっと悪いわ」ニコールはそう言い、顔をしかめた。「どうしてそんなことをきくの？」

「子供の母親がほかの男とつき合っているかどうかは知るべきだと思う」

「そんな相手はいないわ」ニコールは笑った。「あなたにはあまり関係ないけどね。わたしはあなたの女性関係について詮索しないでしょう？」

「本気でつき合っている女性はいないと、前に話したはずだ」

ニコールは鼻で笑った。「わたしもそういう答えをすれば満足？　本気でつき合っている男はいない。セックスフレンドが二、三人だけって」

レイフは胸苦しさを感じた。「本当なのか？」

ニコールはうめき、天を仰いだ。「冗談よ。わたしだけ問いつめるのはフェアじゃないでしょう。自分は怪しい関係があるくせに」

「怪しいってどんな？」

ニコールは少しためらってから言った。「マディーのことはどうなの？」

「マディーだって？　彼女はただの秘書だよ」

「さっきの電話はマディーからじゃないの？」ニコールは腕時計をちらりと見た。「土曜の夜十時よ」

彼女の顔に一瞬奇妙な表情が浮かんだ。


「どうかしたか？」

「なんでもないわ」ニコールは水を飲んだ。「きっとただの誤解よ」

レイフはそっけなく笑った。「また嘘をついているね。何を考えているか正直に話したらどうだ？」

ニコールはためらい、かぶりを振った。「わたしには関係のないことだわ」

「ニコール」レイフは苛立ちもあらわに言った。

「あなたたち二人の過去についてよ」

レイフは肩をすくめた。「マディーは何年もぼくの下で働いているよ」

「わたしが言っているのは、恋愛関係のこと」

レイフは目をしばたたいた。「とんでもない。たかがセックスのために、せっかく良好な仕事上の関係をぼくが壊すわけないだろう」

「彼女はそう思っていないかも。マディーが違う関係を望んでいると思ったことはないの？」

レイフは顎をさすった。「考えてもみなかった。彼女がそんなことを考える理由がわからないよ」

ニコールは小さく苛立ちの声をもらした。「あなたがすごくハンサムでお金持ちだからでしょう。マディーはあなたに恋をしていると思うわ」

その可能性を考えてみると、レイフの頭に次々と疑念が浮かんできた。「だとしたら厄介だな。きみが間違っていると思いたいね」

きっと間違いだ、とレイフは自分に言い聞かせた。マディーが恋愛関係を望んでいるとしたら、もっと前に行動を起こしていたはずだ。どうせそれには応《こた》えられなかったが。

「マディーは単なる秘書でしかない。きみとの関係のほうがもっと複雑だ。きみはぼくの息子の母親だ。きみにはもっとぼくを信頼してほしい」

7

レイフの真剣な表情に、ニコールの心臓は早鐘を打った。「そんな急に言われても」呼吸もせわしなくなった。「わたしたちにはもっと時間が必要よ」

「それはきみだけの話だろう」

彼女は唇を噛《か》んだ。「もっと時間が欲しいの」

レイフは肩をすくめ、凝りでもあるかのように首を伸ばした。彼に触れたくて、手がうずく。たくましい体は抗《あらが》いがたいほど魅力的だった。

つい触れてしまわないように、ニコールは両手をこぶしに握った。どうしてこんなに惹《ひ》かれるの？力の強い男性をずっと恐れていたはずなのに。

それから家へ向かうあいだ、二人は無言のままだった。ニコールはしだいに眠気に襲われ、懸命にこらえたものの、結局は眠ってしまった。リムジンが停《と》まって目を覚ましたとき、自分がレイフにもたれかかり、彼の肩に頭を預けていたことに気づいた。

ニコールは頭を起こした。「ごめんなさい。思っていたより眠かったみたい」

「構わないよ」レイフの声にはセクシーな響きがあった。「きみは重くないから」

目が合った瞬間、気弱さがニコールを襲った。「クルージングに誘ってくれてありがとう。あのときは……」奇妙な予感めいたものがこみ上げ、ニコールは言葉につまった。「楽しかったわ」

「ああ」レイフは顔を下げ、彼女のうなじをつかんだ。「とても楽しかった」唇を彼女の唇に重ねた。

引き締まったレイフの唇は力強く、それでいて心地よかった。離れなければと思っても、離れられなかった。ニコールは彼の肩にしがみつき、誘われるままに官能の旅に身を任せた。

ようやくレイフが唇を離したとき、ニコールはあえぎながら、なんとか声を出した。「あの……」

レイフの人差し指が唇に当てられた。「何も言わないでくれ。きみとのあいだに何が起こっているか、自分でもわからない。ただ何かがあることだけはわかる。それを二人で確かめよう。いいね？」

ニコールは黙ってうなずくしかできなかった。彼はわたしに対して奇妙な影響力を持っている。冷静にならなきゃ。理性的にならなきゃ。だけど、レイフは理屈を超えた細胞レベルで強く影響をもたらす。

「いいわ」ニコールはつぶやき、レイフの手を借りて車から降り、階段を上った。部屋の前に着き、硬いドアを背にして彼に向き直った。頭の中も心の中もぐちゃぐちゃで、いまは硬い木の感触が必要だった。「ありがとう」

「どういたしまして」レイフは彼女の顎をつかみ、

親指で唇をなでた。ニコールが唇を開くと、舌を差し入れ、存分にむさぼった。だが、それだけで満足できないことはお互いはっきりわかっていた。

レイフは体を引き、ニコールの目をのぞき込んだ。「望みを言ってごらん。そうしたら、今夜は一緒に過ごそう」

ニコールの心臓は飛び出しそうになった。たとえ命がかかっていても言えるはずがない。ひと言だって。息が喉と肺のあいだでつまったかのようだった。

レイフはニコールの首筋に指を滑らせた。「じゃあ、またの機会に。この次はなんとしても一つになろう」

レイフが歩き去ると、ニコールはドアにもたれ、崩れ落ちそうになる膝で体を支えた。息を整え、力を振り絞って寝室へ向かい、隣接したバスルームへ駆け込んだ。明かりをつけて鏡をのぞき込む。キスで腫《は》れた唇、興奮でうつろな瞳、ほてった頬。これがわたしなの？　こんなの初めてだわ。めまいがするほど全身が彼を求めている。ニコールはほてった頬に両手を当て、懸命に落ち着きを取り戻そうとした。欲望は抑えなきゃだめよ。いままで以上にジョエルの幸せだけ考えていなければならないときに、レイフが誘惑してくるなんて。

翌日、ニコールがガードを固めるのはほぼ無理だった。レイフは温水プールでジョエルと遊び、ジョエルは彼女に一緒に遊んでほしがった。ジョエルに対するレイフの優しさがニコールのガードを少しずつ崩していった。レイフはジョエルに浮き方やキックの仕方、犬かきを教えた。プールわきでサンドイッチを食べたあと、ジョエルは疲れて昼寝をした。

その時間、ニコールは大きなパラソルの下のラウンジチェアで休んだ。チェアがきしんだので目を開けると、レイフが上にかがみ込んでいた。髪はまだ濡《ぬ》れていて、日焼けした広い肩にも水滴がついている。彼はニコールの頬にかかる髪を払いのけた。

「ママも子供と同じくらい疲れているようだね」

ニコールはうなずき、目を閉じて彼の存在を締め出そうとした。とはいえ、成功する自信はなかった。

「クルージングとフォート・ローダーデールへの移動でくたくたよ」

「日光浴は好きだろう?」

「暑いのもいいわね。風が心地いいわ」

「ああ。アトランタの気温は八度だそうだよ」

ニコールはからかうようなレイフの目を見返した。

「どうしてもその点を思い出させたいのね?」

レイフは低く笑い、その声が彼女の体にさざ波を立てた。「きみにここを気に入ってほしいんだ」

ニコールは両目を閉じた。「あなたがアトランタの話をしてくるまでは、くつろいでいたのに」

「アトランタの話で緊張するなら、なおさらここにいるほうがいい」ニコールはぱっと目を開け、緊張の原因はあなただと反論しかけたが、その口を彼が手でふさいだ。「リラックスして。きみは約束の地にいるんだよ」

ニコールは再び目を閉じ、彼がどんな約束を果たすのかは想像しないようにした。深呼吸をしてから、やがてゆっくりと眠りに落ちた。しばらくしてジョエルがわきに現れ、腕を引っ張った。

「ママ、起きて。Ｗｉｉであそぼ」

目をしばたたき、体を起こしたニコールは、柔らかなタオルが体にかかっていることに気づいた。彼女はジョエルを抱き寄せた。「いつ起きたの?」

「うんとまえ。ママ、ずっとねてるんだもの。起こすってパパにきいたら、ねかせておこうって。パパがタオルをかけたんだよ」ジョエルがもどかしげに足を踏み鳴らす。「Ｗｉｉであそびたい」

ジョエルがレイフを〝パパ〟と呼んだことで、ニコールの胸はいっぱいになった。「いいわよ」息子に微笑《ほほえ》みかける。「遊んでらっしゃい。ママは着替えてくるから」

「だいじょうぶ?」ジョエルが不安げにきいた。

「もちろんよ。ちょっと眠かっただけ」

「病気じゃないよね?」

ニコールは胸を締めつけられ、かぶりを振ってジョエルを抱き締めた。「大丈夫よ、スウィーティ。ゆうべ夜更かししすぎただけよ」

ジョエルは大きなため息をついた。「よかった」

ジョエルにとって、自分が安全と安心の証《あかし》なのだということを、ニコールはこれまで以上に実感した。わたしに何かあったらジョエルはどうなるの? そう思うと、胸がかきむしられるようだった。万が一の準備はしてある。それでも、ジョエルに不安や孤独を感じさせるのはつらかった。

ニコールは心を決めた。レイフに対していまだに不安はあるけれど、彼がジョエルの父親としての責任を果たそうと決意しているのは確かだ。わたしが彼を父親として教育すればいい。

その夜遅く、ジョエルが寝たあとで、ニコールはレイフに切り出した。「どうやってジョエルの父親になればいいか、あなたに教えたいと思うの」

レイフはいぶかしげに彼女を見た。「父親のあり方をきみがぼくに教えるのか?」

「あなたの息子が何を必要とするか、それにどう対処すればいいかを教えるのよ」

レイフは胸の前で腕組みをした。「男の子が何を必要とするかはわかっているつもりだ」

「それが正しくないこともあるかもしれないわ。たとえば、不安になったとき、ジョエルが紫色の象に手を伸ばすのに気づいていた?」

レイフの表情が沈んだ。「紫色の象?」

「名前はフレッドよ」

「フレッド?」

ニコールは肩をすくめた。「ジョエルはオレンジジュースとりんごジュースが好きよ。甘いものを食べすぎたり、決まった時間に寝ないと、ぐずるの」

「食べすぎって、どのくらい? 寝るのは何時なんだ? 十時か?」

「クッキー二枚が限界よ。寝るのは九時だと遅すぎるわ。八時がベストね。それと、昨日のように遊びすぎた日はお昼寝が必要よ。決まったスケジュールで動くのがいちばんだから、しっかり守って」

「どうしてそんなことを全部ぼくに教えるんだ?」

ふいに胸のうずきを覚え、ニコールは懸命に息を整えた。「本気でジョエルの父親になるつもりなら、あなたも知らなきゃいけないことなの。わたしがずっとそばにいるとは限らないんだから」

「どうして? ジェラード・トーマスのもとに行きたいから?」

「まさか」ニコールは苛立《いらだ》った。「考えたこともないわ。この状況がどうなるか、あなたにもわたしにもわからないのよ。なんの保証もないんだと、今日気づいたの。わたしに何かあったら、ジョエルはわたしの従姉妹《いとこ》のジュリアのところへ行くわけじゃない。あなたが引き取るのよ。あの子が不安や寂しさを感じたらと思うと、耐えられないの」

レイフはニコールに近づき、そっと抱き寄せた。

「きみには何も起こらないよ。大丈夫。これからもずっと元気で、ジョエルに小言を言い続けるんだ」

体を包む腕の力強さに、ニコールはあふれる涙を止められなかった。唇を噛み、笑ってごまかそうとした。「わたしもそう考えたいけど、なんの保証もないのはお互いわかってるでしょう? ジョエルに必要なものはちゃんと知っておいてほしいの」

「わかってる。でも、いまは眠ったほうがいいよ」

レイフに導かれるままに階段を上って部屋へ向か

いながら、ニコールは彼の優しさを求めている自分に驚いていた。どうしてなの？ 父に優しくされたことがほとんどないせい？

部屋の中までつき添ったレイフは、ニコールをベッドに座らせた。

「わたし、歯を磨かなきゃ」

「服を脱がしてあげようか？」

ニコールは微笑み、かぶりを振った。「少し休ませて。いまはあなたの相手をする気になれないわ」

「くそっ。もう少し誠実さに欠ける男だったら、きみを好きなようにするところなのに」

「わたしが起きていたらね」

「絶対に眠らせない」レイフの瞳が欲望にぎらつく。ニコールは、電流の流れるワイヤーに触れてしまった気がした。「約束するよ」

彼の真剣なまなざしに、胸が苦しくなる。ニコールは自分を奮い立たせ、レイフを追い払おうとした。

「つき添ってくれてありがとう。おやすみなさい」

レイフが彼女の額にかかる髪を払いのける。こらえきれず、ニコールは小さくため息をついた。「おやすみ。もしぼくが必要になったら呼んでくれ」

ニコールは思わず笑みをもらし、かぶりを振った。「おやすみなさい」自分で思ったよりもきっぱりとした声を出すことができた。

レイフは眠れなかった。ジョエルとニコールに対する責任が心に重くのしかかっていた。理屈では、ニコールに対して責任はない。しかし、実感としては確かにあるのだ。

万一ジョエルが夜中に目を覚ました場合、息子の声が聞こえるように、レイフはドアを開けたまま部屋の中をうろついていた。息子。いまでも時々信じられない気持ちになる。言葉に尽くせない喜びの一方で不安もあるが、かつて自分が失った〝父親〟というものになると心に決めたのだ。何があろうとも。

レイフは部屋の中のバーへ向かい、スコッチを注《つ》いだ。一気に飲み干すと、焼けるような熱さが喉を伝い下りていった。ニコールのことを考えると、それとは違う形で体が熱くなった。

ニコールにいてほしいのは都合がいいから。そばでジョエルに気を配ってくれるほうが楽だからだ。でも、それだけではない。彼女はぼくを悩ませ、熱くする。レイフは歩きながら二杯目を飲み干した。

低いうめき声が聞こえ、レイフは足を止めた。数秒後、叫び声が聞こえた。「やめて……やめて!」

ニコールの声だと気づき、レイフは彼女の部屋へ向かった。もう一度悲鳴が聞こえた。はらわたを締めつけるような、恐怖と失望の入りまじった叫び。

部屋へ駆け込むと、ニコールが叫びながら寝返りを打っていた。レイフはベッドに上り、彼女を抱き寄せた。

「助けて」ニコールはレイフにしがみついてきた。

「ぼくはここにいるよ」ニコールを抱く腕に力を込めた。「きみを抱いている。もう安全だ」

「息ができないの。苦しくて……」明らかに、ニコールは頭が混乱しているようだ。

「大丈夫だよ。ぼくがきみを守るから」レイフはさらに強くニコールを抱き締めた。

ニコールは何度か深い息をしてから、目を開けて彼と視線を合わせた。「レイフなの?」

「ああ。悪い夢を見たんだね」

「病院にいる夢だった。息ができなくて。ジョエルが泣き叫んでいたの」ニコールは息も切れ切れに言った。「ごめんなさい」

「謝らなくてもいい」必死にしがみついてくるニコールを肌で感じ、レイフの中の何かが変化した。

少しして、ニコールの息づかいが落ち着いた。

「そろそろ戻ってほしいわ」彼女がささやいた。

レイフの鼓動が速くなった。「それは無理だ」

その後、暗闇《くらやみ》の中で、ニコールはレイフの腕に包まれていることに気づいた。うろたえ、なぜレイフがベッドにいるか思い出そうとしたが、恐ろしい夢と現実がごっちゃになっていた。

胸のふくらみに押しつけられたレイフの固い胸板。絡み合った二人の両脚。

体を引くこともできるのに、どうしてもその気になれない。それどころか、彼の喉もとに顔をうずめ、肩に両手をかけている。彼の力強さをずっと恐れていたけれど、いまは違った。いまのニコールはそれを求めていた。

レイフがうめき声をもらし、両手をニコールの腰にはわせた。彼女ははっと凍りついた。彼はニコールの腰をつかんで、下腹部に引き寄せた。

ああ、どうしよう。

「柔らかくて、いい気持ちだ」レイフはニコールの髪に唇をはわせた。

ニコールの脈拍が跳ね上がった。もっと間近に彼を感じたかった。彼はわたしを守ってくれる。わたしを安心させてくれる。

レイフが体を押しつけてきた。彼の興奮が伝わってくる。「きみが欲しい」レイフは彼女の喉もとでささやいた。

彼は完全に目覚めているのかしら。でも、そんなことはどうでもいいわ。硬くたくましい体に触れ、ニコールは快感に浸った。

片方の胸に触れてから、レイフはためらった。「きみの中に入りたい。できるだけ深く」彼の体は震えていた。「本当にきみも望んでいるのか？」ニコールの顎に手を当てて上向かせ、みだらなまなざしで目をのぞき込んだ。「本当にきみを奪ってもいいのか？」

ニコールは全身を震わせた。もう隠せない。彼の率直さがわたしを狂わせる。「ええ」ニコールはささやいた。「そうして」

レイフは二人の下着をはぎ取るとすぐ、熱く濡《ぬ》れた場所に体を密着させた。そして、両手で胸をつかみ、先端をさする。感じやすい部分を愛撫《あいぶ》され、ニコールは息ができなくなった。

体を弓なりにそらせ、両脚を開いて、ニコールは彼を求めた。レイフは指で彼女を愛撫しながら、果てしなくキスを続けた。ニコールは溺《おぼ》れてしまいそうな気がした。彼の手で、唇で愛撫されればされるほど、もどかしさはつのっていった。

「レイフ」そのかすれた声には欲望がこもっていた。

レイフはそれに応《こた》え、一気に深く押し入った。

二人のうめき声が重なった。レイフは狂おしいリズムで彼女を極みへ駆り立て、自分もあとに続いた。

8

ニコールは目を閉じ、息を整えようとした。信じられないわ。どうしてこんなことに……？　レイフのかたわらに横たわったまま、深呼吸を繰り返し、なんとか正気を取り戻そうとした。

レイフとのセックスはとても自然で、とても情熱的だった。彼を抱き、彼に抱かれるうち、悪夢の余韻も消え去ってしまった。さっきまであんなにおびえていたのに、いまは不思議な安らぎすら感じる。彼の何が、わたしをこんなにも強く揺さぶるの？

ニコールは心もとない気分になった。

それを察したかのように、レイフがニコールの手を握った。優しい仕草になぜか泣きそうになり、大きく息を吸って涙を押しとどめた。

「大丈夫か？」レイフが低い声できいた。

うなずいてから、手を引っ込めて体を起こした。ニコールは自分たちの失態に気がつき、避妊しなかったわ」

「ああ、そうだね」レイフも上体を起こした。

ニコールはパニックに陥った。「どうしよう」

レイフは彼女の肩に手を置いた。「心配しすぎだよ。一度で必ず妊娠するわけじゃない」

「それはそうだけど――」

「もし妊娠したら、そのときは結婚すればいい」

「結婚？」ニコールは呆然《ぼうぜん》とレイフを見つめた。

「悪い話じゃないだろう。きみとぼくにはジョエルという大きな共通点がある。これほどの共通点がなくても結婚するカップルは大勢いるよ」

「でも、わたしたち、お互いのことをよく知らないのよ。愛し合ってもいないし」

レイフは彼女から手を離し、肩をすくめた。「愛ってなんだ？　激しい欲望のこと？　ぼくたちにそれがあることはすでに証明ずみだと思うけど」

その無頓着《むとんちゃく》な態度に驚きながら、ニコールはかぶりを振った。「愛を信じていないのね？」

レイフの顔を皮肉な影がよぎった。「昔は信じていたかもしれない。けど、間違いだった」

タバサだ。彼はタバサを愛していると思っていたのだ。わたしは妹の代わりなの？　急に寒々とした気分になり、ニコールは上がけを引き上げた。

「寒いのか？」レイフがきいた。

ニコールはうなずいた。「あの……少し一人にしてもらえないかしら」

「後悔しているのか？」

ニコールは唇を噛《か》んだ。「戸惑っているのよ。あまりに急な展開で」

「ぼくに押し切られてこうなったというのか？」

「いいえ。こうなったのはわたしがあんな夢を見たせいよ。本当に恐ろしい夢だった。だから、どうしても生きていることを実感したかったの」

「そのためなら、相手は誰でもよかった？」

「まさか」ニコールはため息をついた。「でも、いまのわたしはいつものわたしじゃない。頭も混乱しているし。だから、しばらく一人になりたいの」

「わかった」レイフは指で彼女の鼻に触れた。「ただし、また悲鳴が聞こえたら戻ってくるからな」

ニコールは微笑《ほほえ》んだ。とはいえ、笑顔というよりしかめっ面にしか見えなかっただろう。「もう二度と叫ばないわ」

ベッドから立ち上がったレイフはセクシーな視線を彼女に向けた。「そうせっかちに決めつけないで。叫ぶのもいいものだよ。それなりの状況でなら」彼が下着をはくあいだ、ニコールは視線をそらしていた。ふいに顎をとらえられ、キスをされた。「心配しなくても大丈夫だから」それだけ言うと、レイフは部屋から出ていった。

一人残されたニコールは、気持ちが落ち着くのを待った。レイフに惹《ひ》かれていることはわかっていた。だが、その感情に屈するわけにはいかない理由がいくつもあった。

第一の理由はジョエルだ。レイフに虐待的な父親になる要素があるかどうか見極めなくては。だから、私情に流されてはだめ。第二の理由はタバサ。レイフはタバサと深い関係だった。わたしは昔からタバサとデートした男性とは距離を置いてきた。タバサを好む男性がわたしに合うとは思えないから。それに、レイフは愛を信じていない。そんな皮肉屋と生涯をともにできる？

考えるうちに頭がずきずきしはじめた。ニコールはベッドを出て、バスルームでシャワーを浴びた。複雑な感情を水で洗い流せないかと思いながら。

　翌朝、ニコールはなかなかベッドから出られなかった。なんとかジョエルに朝食を食べさせ、プレスクールまで送っていった。ジョエルは先週より少しは落ち着いたように見えた。

ニコール自身は家に戻っても少しも落ち着かなかった。ゆうべのことをどう受け止めればいいのか、まだわからない。ただ、レイフを責められないことだけは確かだ。わたしも積極的に身を投げ出したのだから。

　携帯電話が鳴り、現実に引き戻された。発信者が父親だとわかったとたん胃がきりきり痛んだ。ニコールは慎重に息を整え、電話に出た。

「こんにちは、パパ」

「ニコール、なぜ家の電話に出ないんだ？　連絡が取れなくて苦労したぞ」

「いまは家にいないのよ。ちょっと休暇を取って、ジョエルとフロリダに来ているの」

「ずいぶん急な話だな。留守にするならするで、わたしにひと言あるべきだろう。こっちはおまえたちのことを心配しているのに」

　父親の恩着せがましい口調に、ニコールはぞっとした。「心配しないで。ジョエルもわたしも休暇を楽しんでいるから。いるかと泳ぐ予定もあるのよ」

　気まずい沈黙のあと、父親が問いただした。「で、どこに泊まってるんだ？」

「マイアミよ。コテージに泊まっているの」

　また沈黙が流れた。「マイアミには取り引き先があったな。わたしもそっちに行くか」

　ニコールはうろたえた。「でも、わたしたち、すごく忙しいの。ジョエルは泳ぎのレッスンを受けているし、毎日、予定がつまっているのよ」

「ふむ」

　一秒ごとに緊張が増していく。「あの、パパの仕事の邪魔をしたくないし、そろそろ――」

「いや、ギリシアからは戻った。いま、アルギロス社との商談をつめているところだ。先方の反応もまずまずだし、来週には契約まで持ち込めるだろう」

「おめでとう」ニコールは言った。ほかに言葉が思いつかなかった。

「商売は鋭い勘と努力がものを言うんだ。孫の声を聞かせてくれ」

「あの子なら教室よ。絵画教室」

「絵画だと？　どうせなら人と競争するものを習わせろ。男には競争心が必要だ」

「ジョエルはまだ子供よ」

「だが、いつかは大人の男になる。そのためにいまから準備をしておくべきだ」

「ジョエルはまだ四つにもなっていないのよ」

「競争心を磨くのに早すぎるということはない」

圧迫感を感じ、ニコールは早く会話を終わらせたい一心で言った。「わかったわ」

「わかっても実行しなければ意味がないんだぞ」

「ちゃんと実行します。電話をありがとう。あと、商談成立おめでとう」

「また近いうちに電話する」父親は言った。ニコールにはその言葉が脅しめいて聞こえた。

「さよなら、パパ。体に気をつけて」電話を終え、ニコールはじっと受話器を見つめた。これが父親との最後の会話になればいいのにと思いながら。

父親と話したことで、ニコールはレイフに関する未解決の疑問を思い出した。私立探偵の報告だけでは満足できない。もっと情報が欲しい。彼女はレイフの前の雇い主に話を聞こうと思い立ち、ジョエルがプレスクールに行っている時間を利用して、マイアミのダウンタウンへ向かった。まだ早い時間だったが、そのクラブはランチタイムも営業していた。

出迎えたのは、胸の谷間と長い脚を強調するドレスを着たブロンドの若い女性だった。「何名様？」

「マネージャーと話がしたいんですけど」

「ああ、仕事が欲しいのね。いま呼んでくるわ」

「いえ、そうじゃなくて……」ニコールは言いかけたが、相手はすでに背中を向けていた。

女性はすぐに戻ってきた。「こっちよ。いまなら忙しくないから話ができるって」

「あの……」説明するひまもなく、ニコールはサウスビーチに面したオフィスに案内された。

浅黒い肌の大男が彼女に向かってうなずいた。「仕事が欲しいんだって？　うちもいまホステスが足りなくてね」彼は頭を傾《かし》げた。「うん、悪くない。けど、もっと厚化粧して、短いスカートをはかなきゃ。髪も派手な色に染めたほうがいいな」

ニコールは吹き出しそうになった。「それじゃ妹と同じになってしまうわ。あなたがミスター・キーノ？　わたしがここに来たのは仕事のためじゃありません。レイフ・メディチのことをきくためです」

大男は片方の眉を上げた。「ああ、俺《おれ》がキーノだが、なんでレイフのことを知りたいんだ？」

「彼はわたしの甥《おい》の父親なんです。だから、彼がどういう人間なのか、知っておく必要があって」

「なんで俺があんたに教えなきゃならない？」

「あなたが人の道を大切にする、善良な人だから」

ニコールは期待を込めて答えた。

ジェローム・キーノは白い歯を見せた。「俺も色々と言われてきたが、人の道を大切にする善良な人ってのは初めてだ。けど、そういう事情なら、協力してやるよ。で、レイフの何が知りたい？」

「ここにいたときに暴行罪で告訴されましたよね」

「用心棒にはよくあることさ。うちには弁護士がついてるから、裁判まで行ったことはないけどね」

ニコールは一抹の不安を覚えた。「それは告訴そのものが不当だったという意味ですか？　それとも、こちらの弁護士が有能だっただけ？」

「両方だ。レイフはよっぽどのことがない限り暴力を振るわなかった」

ニコールは唇の内側を噛んだ。「彼は短気なほうでした？　癇癪《かんしゃく》を起こしたりしませんでした？」

「あいつが暴走したところはいっぺんも見たことがないね。どっちかと言えば、腕力に訴えるときでも冷静そのものだった。なんでそんなことをきく？」

彼女は弁解したい衝動をこらえた。「彼は気性が激しい人でしょう。だから、子供に手を上げたりしないか心配で。甥を虐待されたくありませんもの」

「あいつは自分より弱い相手には手を出さない。自分をコントロールできる男なんだよ。それより、あんた、あいつの過去なんか調べていいのかい？　このことをあいつが知ったらどうする？」

「別に。わたしも彼に同じことをされましたから」

キーノはかぶりを振って笑った。「まあ、仕事が必要なときは言ってくれ。もうちょっとセクシーな格好をすれば、うちのナンバーワンになれるぜ」

ニコールは安堵《あんど》とともにクラブをあとにした。しかし、まだレイフを全面的に信用することはできない。疑ってしまうのは、すべてレイフのせいなのかしら？　それとも、父のせい？

次の火曜日、レイフは社会福祉課の訪問に備えて、午後の予定をすべてキャンセルした。昼食後に自宅へ戻ると、ニコールとジョエルが三十代後半の女性とボードゲームに興じていた。

ニコールが視線を上げた。「レイフ、こちらがミセス・ベルよ。家の中の案内とスタッフへの紹介はジョエルとわたしですませたわ」

「ありがとう」レイフはミセス・ベルに手を差し出した。「今日はよろしくお願いします」

「こちらこそ、ミスター・メディチ」ミセス・ベルが答えた。

「ねえ、プールにいこうよ」床にしゃがんでいたジョエルがぱっと立ち上がった。

「そいつは名案だ」レイフはうなずいた。

「やった！　じゃあ、ぼく、水着を着なきゃ」

ミセス・ベルが微笑んだ。「ジョエルは水遊びが好きなのね」

「ええ」レイフは誇らしげに答えた。「いつも魚みたいに水と戯れていますよ。もちろん、つき添いなしでは泳がせませんが」

「すばらしい配慮だわ。家の中も安全を考えて色々と工夫なさっていますね」

「ママ、早く着替えようよ」ジョエルがニコールの手を引っ張った。

「では、我々はちょっと失礼します」レイフはミセス・ベルに断りを入れた。「数分で戻りますから、プールサイドで座っていてください。家政婦に飲み物を運ばせましょう」

数分後、ジョエルはプールサイドからレイフの腕の中に飛び降りた。泳ぐ父親の背中にしがみつき、歓声をあげる。ニコールはミセス・ベルのわきに腰を下ろした。レイフは彼女が水着に着替えていないことに気づいた。なぜプールに入らないのか不思議に思ったが、この場では尋ねないことにした。しばらくすると、彼はごねる息子をプールから上げ、家政婦が運んできたおやつを食べさせた。

ジョエルは目をこすりながら立ち上がった。「ぼく、もういっぺんプールに入る」

「今日はいっぱい遊んだだろう。少し昼寝したほうがいいぞ」

「お昼寝なんてやだ。プールがいい」

「プールは明日もここにある。パパはおまえを疲れさせたくないんだ」レイフも立ち上がった。「魚だって疲れるんだぞ。こうなったら、パパがオレンジの水着を着たちび魚を捕まえて――」

ジョエルは目をまるくし、奇声をあげて逆方向に駆け出した。

「ジョエル、走るな！」レイフは息子を追った。パティオまで来たところで、ジョエルは足を滑らせ、コンクリートの床で膝を打ち、大声で泣き出した。

レイフは慌てて息子を抱き上げた。「よしよし、痛かったか？」

「ママ」ジョエルは泣きわめいた。

「どれ、パパにけがを見せて――」

「ママ！」ジョエルは痛みに顔を歪《ゆが》めて叫んだ。

「ママ、来て！」

レイフは途方に暮れて、息子の擦りむけた膝を眺めた。自分が役立たずになった気がした。

ニコールが駆け寄ってきた。ジョエルはすぐさま彼女の腕の中に飛び込み、両手と両脚でしがみついた。「まあ、スウィーティ、絆創膏《ばんそうこう》を貼《は》らなきゃね。だから、プールのそばで走っちゃだめなのよ」

ジョエルはべそをかいた。「痛いよ、ママ」

「大丈夫。すぐに痛くなくなるわ」ニコールは苦笑とともにミセス・ベルを振り返った。「みんな、こうやって体でもって、重力を学んでいくんですね」

そう言うと、ジョエルを抱えて家の中へ入った。

ミセス・ベルはレイフに歩み寄った。「ジョエルにとって、彼女はとても大切な存在なんですね」

「ええ、とても」レイフはうなずいた。すでにわかっていたことだが、いまの騒ぎで改めて思い知らされた気がした。

家庭訪問は失敗か。彼は敗北感に打ちのめされた。もどかしさがつのる。ニコールにそばにいてもらいたい。なんとしても彼女にぼくの考え方を理解してもらわなければ。

レイフはミセス・ベルと礼儀正しく当たり障りのない会話を交わすと、濡《ぬ》れた髪をかき上げ、Tシャツの袖《そで》に腕を通した。「玄関までお送りしますよ」

　彼が書斎に続くフレンチドアを開けようとしたそのとき、ニコールがジョエルを抱いて戻ってきた。彼女の手には本が握られていた。

　息子の姿がレイフの胸を締めつけた。「やあ、相棒。調子はどうだ？」

「もう平気。ばんそうこうをはったもん。きょうりゅうの絵がついてるんだ」

　レイフは息子の髪をくしゃくしゃにした。「よかったな」

「ママがね、ぼくがいい子でおねがいしたら、パパがパティオで本を読んでくれるって」

「ああ、いいとも」レイフはニコールに視線を移した。感謝と形容しがたい感情が胸に込み上げた。彼女はまだぼくを信用していない。それでも、こうして気遣ってくれる。息子に向かって両腕を差し出すと、ジョエルがしがみついてきた。


　ジョエルをベッドに寝かしつけたあと、レイフとニコールは無言のまま夕食をともにした。二人のあいだに流れる張りつめた空気を、レイフの探るような視線を、ニコールは痛いほど意識した。わたしはこの人に色々なことを隠している。彼の身元を調べさせたことも、父の問題も。なんだか彼をだましているみたいで、いやな気分だ。この際だから、すべて打ち明けるべきかしら？

　レイフが沈黙を破った。「今日はなぜぼくに味方してくれたんだ？」

　ニコールはワインにむせた。「目的は二つよ。一つはジョエルを父親になじませるため。もう一つはあなたたち親子が関係を築きつつあることをミセス・ベルに知ってもらうため」

「ぼくが知りたいのは理由だ」

　彼女は唇を噛んだ。「あなたにいい父親になってほしいの。あなたならきっとなれるはずよ」

レイフは瞳をきらめかせ、ニコールに向かってグラスを掲げた。「必ず息子の心を勝ち取ってみせるよ。でも、その母親の心を勝ち取るにはどうすればいいんだろう？」

ニコールは胸がどきっとした。

窮地を救ってくれたのはキャロルだった。「ミスター・メディチ、ミス・マディー・グリーンがお見えになりました」

レイフの顔を驚きと苛立《いらだ》ちの表情がよぎった。

「中に通して、彼女の分のグラスを用意してくれ」

「ワインは赤と白、どちらにいたします？」

「赤だ」答えてから、彼はニコールに向き直った。

「マディーを呼んだ覚えはないんだが、いったいなんの用だろう？」

「あなたに会いたいだけかも」ニコールはグラスのワインをまわした。「ほかの女に縄張りを荒らされると思って――」

「マディー」レイフが立ち上がった。「驚いたな。なぜこんな時間に？　よほど大事な用なのか？」

マディーの表情が曇った。「なぜって……クルーザーでは夜の商談もよくあったでしょう」恨みがましい口調で言い、ニコールに鋭い一瞥《いちべつ》を投げた。

「ああ、確かに」レイフは当たり障りのない返事をした。「で、用件というのは？」

マディーはレイフに視線を戻し、書類の束をテーブルに置いた。「この契約書に署名して、明日までに申請しなくてはならないのよ」

「弁護士にはもう見せたのか？」

「もちろん」

「オーケー、今夜のうちに目を通しておこう」

マディーは眉をひそめた。「でも――」

「署名は内容を確認してからだ。いつもそうしているだろう？」

マディーはそっと息を吐いた。「ええ、もちろん」彼女はせき払いをした。「実はイタリアからも封筒が届いているの。親展と書いてあったから開封していないけど、早く見せたほうがいいかと思って」彼女は封筒を差し出した。

レイフは受け取った封筒を調べた。「差出人はエミリア・メディチか」

「親戚《しんせき》の方？」ニコールは口を挟んだ。

「会ったことはないが、過去に二度手紙をもらった。たぶん……」携帯電話が鳴った。レイフがディスプレイに目をやる。「国際電話だ。出ないとまずいな。ちょっと失礼、すぐに戻る」そう言うと、大股で一階のオフィスへ向かった。

二人きりになるのを待って、マディーはニコールを見すえた。「ここにいると楽しいでしょう？　豪邸に泊まって、毎日レイフに会えて。どうしたって期待しちゃうわよね。いっときとはいえ、彼はあなたの妹に夢中だったわけだし」

「レイフはジョエルと家族になろうとしているの。わたしはその手伝いをしているだけよ。じゃあ、そろそろ失礼するわ」ニコールは料理が半分残った皿を手に取った。食欲はすっかりうせていた。

「慌てて逃げることないでしょう」マディーは彼女の皿を指さした。「食事もまだ途中みたいだし」

「もう充分よ」ニコールの言葉には食事以外の意味も込められていた。

「気を悪くした？　でも、わたしはあなたのためを思って言っているのよ。レイフにこれだけ丁重に扱われたら、誰だって誤解するもの」

聞き流すべきだとわかっていながら、ニコールは黙っていられなかった。「わたしがどう誤解するというの？」

マディーは同情する目つきになった。「あら、やだ。あなた、もう彼の術中にはまっているのね。彼があなたを大切にするのは当然よ。息子がここにないじめるかどうかはあなた次第だもの。それに、無意識のうちにタバサとあなたを重ねているのかも。まあ、そんなこと本人は絶対に認めないだろうけど」

マディー自身がレイフを狙《ねら》っていることはわかっていた。それでも、ニコールの気持ちは揺れた。なぜわたしは彼と愛し合ってしまったのかしら？　なぜ警戒心を解いてしまったの？

「待たせたね」レイフが戻ってきた。「書類と封筒を届けてくれてありがとう。帰り道にわざわざ寄ってくれたんだろう。なら、引き留めちゃ悪いな」

「とんでもない」マディーの表情がぱっと明るくなった。「仕事は最優先だもの。あなたの役に立てるならなんでもするわ」

「ありがとう。玄関まで送るよ」

ニコールを横目で見てから、マディーはレイフに視線を戻した。「ありがとう。じゃあ、おやすみなさい、ニコール」

レイフはすぐに戻ってきたが、ニコールは内心穏やかではなかった。心のどこかでマディーに対する憤りがくすぶっていた。二人だけの小さな世界をマディーに汚されたような、妙な気分だった。

「思わぬ邪魔が入ったな。今後はあらかじめ連絡するよう彼女に言っておかないと」ダイニングルームへ入りながら、レイフは言った。

ニコールは曖昧《あいまい》にうなずいた。

レイフはテーブルに視線を投げた。「食事はもうおしまい？」

「食が進まなくて。今日はいろいろとあったから」

「ぼくもだ。じゃあ、封筒の中身が気になるし、書斎に移ろうか。エミリアは父の妹に当たる人でね。一族が破産したあと婚約を破棄されたせいで、いまだに独身のままなんだ」

「お気の毒に」手紙に興味があったニコールは、書斎までついていった。

レイフはソファに腰かけ、隣のスペースを手で叩《たた》いた。「飲みたいものがあれば、家政婦に持ってこさせるよ」

「飲み物はいいわ」ニコールは答えた。レイフの匂《にお》いを嗅《か》ぐと、興奮と、より深い何かが入りまじった不思議な気分になった。

封筒からは手紙と三枚の写真が出てきた。「ああ、これは」レイフは口に手を当て、じっと写真に見入った。

ニコールも身を乗り出し、写真をのぞき込んだ。「赤ちゃんを抱いているわね。この二人があなたのご両親？」

レイフはうなずいた。「この赤ん坊がぼくだ」彼は次の写真をニコールに見せた。「こっちは父とぼくと兄弟たち」

思わず頬が緩んだ。「あなた、かわいい赤ちゃんだったのね」

レイフは軽く笑い、写真を下ろした。「さて、エミリア叔母さんはなんて書いてきたのかな。〝親愛なるラファエル。あなたたちの小さいころの写真を送ります。わたしも先は長くないので、これはあなたが持っていてください。二枚はあなたが生まれたときにあなたの父親が送ってきた写真。もう一枚は亡くなる前に彼がくれた手紙に添えられていた写真です。彼はあなたとダミアン、マイケル、レオナルドを心から愛していました。四人とも立派に成長しましたね……ダミアンはラスベガス、あなたはマイアミ、マイケルはアトランタ、レオナルドはペンシルベニアで。わたしは父親を亡くしたあなたたちの力になれませんでしたが、今は四人の成功を心から喜んでいます。そのうえ、あなたにはジョエルという息子までできた。本当にすばらしいことです。ジョエルとその母親はあなたにこのうえない喜びをもたらしてくれるでしょう。愛を込めて、エミリア〟」

彼は眉を寄せた。「なんで叔母さんがジョエルのことを知ってるんだ？　それに、レオがペンシルベニアにいるって？　レオは父さんと一緒にあの事故で亡くなったのに。きっと何か勘違いしているんだ」

「ほかの部分はすべて事実なの？」

「ああ、でも……」レイフはかぶりを振った。「レオがペンシルベニアにいる、か」写真に視線を戻し、食い入るように見つめた。「ぼくの家族の写真はこれだけだ。もっとあればいいんだが」

その強いまなざしがニコールの胸を締めつけた。

レイフが前にも家族の写真がないと嘆いていたことを思い出した。「大切な写真だもの。コピーを取っておいたら？」

「そうだな。スキャンもしておこう」レイフはそこで言葉を切った。「ずっと思っていた。一枚でもいいから両親の写真が欲しいと。二人が亡くなったあと、ぼくたち兄弟は離れ離れになった。里親は、ぼくにはほかに家族がいないかのように振る舞ったし。そのうちぼくもそんな気分になった。あれは夢だったんじゃないかと。写真が一枚もなかったせいだ」

ニコールの目頭が熱くなり、喉がつまった。「あげたいものがあるの。ちょっと待ってて」

ニコールは唇を噛みながら階段を上ると、ジョエルの様子を確かめてから、自分の部屋へ向かった。

ノートパソコンを立ち上げ、私立探偵から送られてきた報告を読み直した。暴行罪という文字を目にするといまだに落ち着かない気分になる。だが、レイフが悪人でないことはもうわかっていた。

探偵の報告には、アンソニー・メディチ一家の死を報じる新聞記事もあった。記事にはメディチ一家の写真が添えられていた。黒髪の男性とほっそりした女性の前に、黒いくせ毛の男の子が四人並んでいる。

レイフはこの写真の存在を知っているのだろうか？

ニコールはその写真をプリントアウトし、悲劇を伝える記事の部分をカットした。一階に戻り、レイフに写真を渡した。レイフは驚いた顔で写真を見つめ、それから、彼女と視線を合わせた。

「どこでこれを見つけた?」

「説明すると長くなるわ。もう夜も遅いし」

「でも、お互いまだ起きている」レイフは腰に片手を当てた。

説明するしかなさそうだ。ニコールは覚悟を決めた。「あなた、前に私立探偵を雇って、わたしの身辺調査をしたでしょう?」

「ああ」レイフはじっとニコールを見返し、納得した表情でうなずいた。「きみも同じことをしたわけか。で、何か収穫はあった?」

「あなたの話はすべて事実だと裏づけられたわ」そう答えたものの、ためらいを隠しきれなかった。

「まあ、こんな時間だし、そのあたりを蒸し返すのはやめよう。何が問題なんだ? ぼくがいい学校を出ていないこと? 名門の出じゃないことか?」

彼女は思いきって言った。「暴行罪の件よ」

「用心棒時代のあれか。前にも言ったが、暴れる客を店から追い出すのがぼくの仕事だった。あいにく暴れるような客は往生際が悪くてね。何度か告訴されることになったけど、すべて取り下げられた」

「ええ。でも、タバサもあなたは暴君だと言っていたわ。なんでも支配したがるって」

「またそれか」レイフは頭を傾《かし》げ、彼女に視線を据えた。「でも、ぼくに殴られたとは言わなかっただろう? ぼくはそういう形で女性に触れたことは一度もない。ほかにはなんて言っていた?」

「殴られたとは言わなかったけど、ずっとあなたを暴君呼ばわりしていたのは事実よ」

「それで暴行罪の件が引っかかっていたわけか」レイフは苦々しげに吐き捨てた。

「わたしはジョエルを守らなくてはならないの。だから、あなたがジョエルを傷つけないと確かめる必要があった。タバサが言っていたわ。あなたは父に似ているって」

レイフは肩をすくめた。「どういう意味だ？　ぼくがきみの父親について知っているのは、彼が事業で成功している俗物だってことだけだ。ぼくは俗物じゃないが、事業では成功を収めている」

「父はわたしたちを虐待していたの」ニコールは打ち明けた。これ以上隠しておくことはできなかった。「だからわたしは父を避けているのよ。母が父と別れたのもそれが原因。母は父からぶたれたことを内緒にするという条件で、大金を受け取ったわ。タバサはわたしよりずっと父の扱いが上手だった。彼女も何度かぶたれたけど、主にターゲットにされたのはわたしだった」

レイフは驚いた。「ぶたれたのか？　父親に？」

「信じてくれとは言わないけど、本当のことよ。わたしがあなたの暴力を心配したのはそのせいなの。ジョエルをわたしと同じ目に遭わせたくないのよ」

レイフは彼女と視線を合わせた。「きみを信じるよ。ぼくは暴力的な男じゃないが、きみの父親がきみに手を出したら、ぶちのめしたくなるだろう」

ニコールは深呼吸をして、肩の力を抜いた。「これでわたしが虐待を気にする理由がわかってもらえたかしら」

「ぼくは絶対にジョエルを傷つけない」レイフはニコールに一歩近づいた。「きみのことも絶対に傷つけない。ただし、誰かがジョエルかきみを苦しめた場合、そいつを傷つけないとは約束できない」

ニコールは再び深呼吸した。「そんなことにはならないよう願いたいわね」

レイフは彼女の手を唇に運んだ。「タバサはなぜぼくのことで嘘《うそ》をついたんだろう？」

「わからないわ。わかったらいいとは思うけど」

「ぼくと出会ったときのタバサはひどく荒れていた。つき合い始めたころ、彼女が薬をのんでいるのを見たことがある。ぼくは彼女に、薬をやめると誓わせた。彼女を支えていくつもりで結婚を申し込んだ。ぼくなら彼女の更正を助けられると思ったんだ」

ニコールも妹の麻薬中毒は薄々察していた。だからこそ、ジョエルが生まれたときは、母体の影響を受けていないか冷や冷やしたのだ。

「わたしはタバサのほうが強いと思っていたわ。わたしと違って、平気で父に逆らっていたから」

「タバサは虐待されなかったのか？」

「まったくなかったわけじゃないけど、タバサは父の怒りをうまくかわしていたの」

「でも、ターゲットにされたのはきみだった」レイフは嫌悪に満ちた声で締めくくった。

「なぜわたしだったのかわからない。なるべく目立たないよう努力はしたのよ。でも、だめだった。寄宿学校に戻るときはいつも救われた気分になったわ。これで父と離れられるって」ニコールは彼に視線を投げた。「わたしを恩知らずだと思わないで」

レイフは戸惑いの視線を返した。「恩知らず？」

「わたしはとても恵まれていたのよ。裕福な家に生まれて、一流の学校で学ばせてもらって」

「だが、虐待も受けていた。いわれのない虐待を」

「そうね。その事実も忘れないようにしないと」

「覚えている必要なんてない」レイフはさらに近づき、ニコールを腕の中に引き寄せた。

力強い腕に包まれ、ニコールは肩の力を抜いた。レイフの髪を両手でとらえ、その張りのある感触を味わった。「こんなの、いけないわ」

「いや、正しいことだ」レイフは顔を下げ、唇と唇を合わせた。

ニコールは大きな体にしがみついた。レイフのすべてを感じたい。彼の力を分けてほしい。二度と弱気にならずにすむように。

「今夜はきみのそばにいたい」

ニコールの鼓動が速くなった。「レイフ」

「いやならそう言ってくれ」レイフがささやく。

「ぼくが欲しくないと言ってくれ」

「言えないわ」ニコールは後ずさった。レイフがわたしに興味をなくしたとき、ジョエルは混乱するだろう。それだけは避けなくては。「でも、このままじゃ問題がややこしくなるだけよ。だから、これはいけないことなのよ」

9

レイフは空港で弟のマイケルを拾った。コルベットの狭い後部座席にバックパックを押し込む弟に、声をかけた。「よく来たな」

「出迎えありがとう。いつもなら朝の便に乗るんだけど、取り引き先が午前八時に会いたいって言うからさ。冬の航空便は当てにならないだろう?」

「こっちは冬じゃないぞ」レイフはギアを入れ替え、コルベットを発進させた。

マイケルはくすりと笑った。「ああ、そうか。息子はどうしてる? ニコールは?」

「ジョエルは絶好調だ。ニコールのほうは微妙だが」レイフはうめくように言った。叔母の手紙については、自宅で写真を見せながら話すつもりだ。

「それより、今回の取り引きについて話してくれよ」

マイケルは仕事の話を始めた。それから二十分後、レイフはコルベットをガレージに入れた。

「いい家だな」マイケルが言った。

「裏側はもっといいぞ」レイフはにやりと笑った。

「ほら、中に入りたまえ」

マイケルは天を仰いだ。「はいはい」

ガレージを抜けて通用口を開けたとたん、ジョエルの歓声が聞こえた。

「パパが帰ってきた！」

レイフの胸に喜びが込み上げた。「かわいい息子はどこかな？」彼が叫ぶと、ジョエルが走ってきた。

「だめよ、ジョエル」ニコールの声がした。「先に体を拭《ふ》いて……」

ジョエルがスケートでもするかのように床を滑ってくる。レイフは慌てて小さな体を抱き留めた。

「濡《ぬ》れた足で走ると、また痛い目に遭うぞ」

ジョエルはにっこり笑った。「ぼく、泳いでたんだ。プールのはしからはしまで行けるんだよ」

レイフも笑顔で応じた。「すごいぞ。ところで、アトランタのマイケル叔父さんを覚えてるか？」

「きみがこっちに来る前に会ったよな？」

ジョエルはぽかんとした顔で叔父を見返した。

マイケルは笑った。「まあ、いいさ。次はお土産を持ってくるよ」

ニコールが息を切らして現れた。「お土産なんていいのよ。この子は何も不自由してないもの」

レイフはニコールの全身を眺めまわした。今日の彼女ははぎ取りたくなるような黒いビキニを着ていた。「二人とも、楽しんでいたようだね」

ニコールはうなずき、マイケルに向き直った。

「こんな格好でごめんなさい。お客様が来るとは知らなかったものだから」

「いやいや」マイケルは言った。「いつもそういう格好で出迎えたほうが、客はみんな喜ぶよ」

レイフは弟をにらみつけた。「キャロルにおまえの部屋まで案内させよう」

「せっかく楽しんでるのに」マイケルがぼやく。

「キャロル」レイフは声を張り上げた。

即座に家政婦が現れた。「ご用でしょうか？」

「弟を青の客間に案内してやってくれ」

「かしこまりました。おかえりなさいませ」

「ただいま」

「感じが悪いなあ」マイケルは兄にこぼしながらも、家政婦のあとに続いた。

ニコールはジョエルと自分のタオルをつかんだ。

「ぼく、かえるにさわったよ」ジョエルが報告した。

「蛙《かえる》に？」レイフはタオルで息子をくるみ、腕の中に抱き上げた。「どんな感じだった？」

「ぬるぬるしてた。かえるって冷たいんだね。ぼく、あのけろけろって声が好き。先生がね、来週はかめをさわらせてくれるって」

「スクールは楽しいか？」

ジョエルはうなずいた。「楽しいよ。あと、ここのプールもすき」

レイフは勝ち誇ったようにニコールを見やった。だが、彼女の瞳には苦痛と不安の影があった。「どうかしたのか？」

「別に。この子をお風呂に入れて寝かせないと」

「手伝うよ」

ニコールは反論しかけてやめた。「助かるわ」そう言い、ジョエルの手を引いて二階へ向かった。

レイフもあとに続いたが、ニコールの丸いヒップから目をそらすことができなかった。そのヒップをつかんで彼女を貫いたことを思い出すと、体が反応し始め、彼はどうにか欲望を押しとどめた。あれきりで終わらせるつもりはない。でも、いまは辛抱だ。

ジョエルの入浴と着替えがすむと、レイフは本を二冊読んでやった。ジョエルが眠ったのを見届けて、一階へ戻った。

一階のカウンターで、ニコールとマイケルがアイスクリームを食べていた。レイフは激しい嫉妬《しっと》を覚えた。ニコールの髪はシャワーのあとで濡れている。ショートパンツからすらりとした脚が伸びていた。

「アイスクリーム・パーティか？」レイフは軽い口調で声をかけた。

「キッチンをのぞいたら、ニコールとアイスクリームを発見してね」マイケルが答えた。「で、誘惑に抵抗できなかったんだ」

だろうな。「ぼくの分は残ってないのか？」

「わたしのをどうぞ」ニコールがスプーンを差し出した。

彼女の手をとらえ、チョコレート味のアイスクリームを口に入れる。「うん、いける」

ニコールは微笑した。「わたしが買い物リストに加えたの。禁断の快楽よ」

「もうひと口頼む」

ニコールはまたレイフの口にスプーンを運んだ。彼はアイスクリームに舌をはわせてから口の中に吸い込んだ。ニコールの瞳に官能的な影が差した。

マイケルがせき払いをした。「ニコールから聞いたんだけど、エミリアとかいう叔母さんから手紙と写真が送られてきたんだって？」

「ああ、おまえのためにコピーを取っておいた」レイフはブリーフケースに手を伸ばした。今日一日のあいだに何度も写真を見て、そのたびにほろ苦い思いが胸にこみ上げた。「遠い昔の幻みたいな気がしていたが、これを見たら現実だとわかるな」

マイケルは兄の肩ごしに写真をのぞき込んだ。

「うわ、ダミアンの髪が逆立ってる」

胸を締めつけられながらも、レイフは笑った。

「それに、このレオの顔つき。いかにもけんかっ早そうだ」彼は母親と父親の顔を見つめた。「父さんは屈強のタフガイだと思っていたけど、こうして見ると、二人とも疲れた顔をしているな」

「当然だろう? ぼくらみたいな悪がきを四人も育てていたんだから」

「手紙も見るか? これが妙な内容でさ。レオナルドが生きてることになっているんだ。ペンシルベニアで成功しているとかなんとか」

マイケルの顔から血の気が引いた。「その叔母さんはどこにいる? 直接会って話を聞くべきだよ」

レイフはかぶりを振った。「差出人の住所から電話番号を割り出したが、そこは叔母さんが子守として勤めていた家だった。叔母さんはもう辞めていて、連絡先もわからないと言われたよ。こうなると、調査事務所を使うしかないな」

「レオは死んだはずだ」マイケルはつぶやいた。

「それとも生きているのか?」

レイフには弟の気持ちがよくわかった。マイケルはレオの死に責任を感じているのだ。レオは面倒を起こしたマイケルの代わりに野球の試合に行くことになり、あの列車に乗ったのだから。

「あまり期待はするな」彼は弟に警告した。

「でも、エミリア叔母さんは写真を持っていたわ」ニコールが口を挟んだ。「あなたたちの写真を。それに、ジョエルのことも知っていたし」

「ジョエルがここにいることを、なんらかの形で知ったのかもしれない」

「そうは言っても、妙な話よ」

「まったく妙な話さ。レオの調査はもう始めたが、叔母さんのほうも調べてみよう。父さんの妹なら、ぼくたちの過去についていろいろ知っているはずだ。謎《なぞ》を明らかにするときが来たのかもしれない」

10

　レイフの携帯電話が鳴った。彼が顧客からの電話に出ているあいだ、パティオにはマイケルとニコールが残された。

「レイフはジョエルとうまくやってるみたいだね。自分に息子がいると知ったときは相当ショックを受けていたけど。きみが協力してくれたおかげだよ」

「彼なら一人でもやれたかもしれないわ。メディチ家の男性はみんなタフみたいだし」ニコールは言った。実際、マイケルのほうが穏やかで真面目《まじめ》そうに見えるが、その行動力は兄に通じるものがあった。

　マイケルはうなずいた。「生き延びるためにはタフになるしかなかったんだ」

「でも、あなたたちはただ生き延びただけじゃなく、立派に成功したわ」

「強迫観念もあるのかな」マイケルはうっすらと笑みを浮かべた。「貧乏に対する恐怖。他人に支配されることへの恐怖。大事な人や物を失うことへの恐怖」彼は肩をすくめた。「でも、ダミアンとレイフは最後の恐怖を克服した。ダミアンは恋に落ちて結婚したし、レイフには命より大切な息子ができた」

「ダミアンは、あなたとレイフのどっちに似ているの？」

「ダミアンはぼくを十倍濃くした感じだね。感情に左右されないタイプで、以前はターミネーターと呼ばれていたんだ。レイフは痛みをジョークでごまかすタイプだ。子供のころ、くぎを踏んで足をけがしたことがあったけど、本人が平気だと言い張るから、両親は翌日まで病院に連れていかなかった」

「じゃあ、彼は昔からそういう性格なのね」その後メディチ家を襲った悲劇を思い返し、ニコールはまた胸が痛くなった。「レイフは父親の存在をアピールしよう、常にジョエルを支えようと躍起になっているわ。気持ちはわかるけど、やり方が強引すぎるのよ。あまりに自信満々で、ちょっと……」

「怖いくらい？」マイケルが代わりに締めくくった。「きみは鋭いね。レイフの本質がわかってる」

「妹は違ったけど」タバサは彼の荒々しい力強さを怖いと思わなかったのかしら？

「きみのほうが賢いってことだな」

ニコールは笑ってかぶりを振った。「まあ、彼がわたしの手に負えないことくらいはわかるけど」

「どうしてそう思うんだ？」

「レイフに必要なのは、臆《おく》することなく彼に立ち向かえる女性よ。それに、力を持った男性は一人の女で満足しないものだわ」

マイケルが奇妙な表情を浮かべ、ニコールの背後に視線を向けた。

「とんでもない弟だな。ちょっと女主人と二人きりにするとこれだ」レイフの声が聞こえた。

ニコールは気まずい思いで反論した。「わたしは女主人じゃないわ」

「スタッフを除けば、この家にいる女性はきみだけだ。ほめているのか、けなしているのか知らないが、ぼくに必要なのは強気な女だとか、ぼくは浮気性だとか、そういう決めつけはやめてほしいね」

「あなたのことを言ったわけじゃないわ。一般論よ。そういう夫婦を何組も見たことがあるけれど、愛情や忠誠心についてはさっぱりだったわ」

「きみは成功した男に偏見があるようだな」口調は軽いものの、レイフの目つきは鋭かった。

「誰も成功した男性とは言ってないでしょう。わたしは〝力を持った男性〟と言ったの。とにかく、わたしはこれまでの経験から、結婚するなら普通の男性がいいという結論に達したのよ」

　マイケルがくっくっと笑った。

　レイフは顎を引いたが、挑戦的な目つきは変わらなかった。「並の男と結婚すると苦労するぞ。きみ自身が並の女じゃないんだから」

「見え透いたお世辞を言わないで」

「マイケル、おまえはどう思う？　ニコールを並の女と言えるか？」

「口が裂けても言えないね」マイケルは答えた。

「黙っていると、上品でおとなしそうに見えるだろう」レイフは言った。「育ちがいいから、マナーも洗練されている。だが、いったん口を開くと――」

「そういう話は本人のいないところでするものよ」

　ニコールは頬が赤らむのを感じた。この人といると、自分が生身の人間だと痛感する。わたしはそれを喜んでいるのかしら？　それとも、いやがっているの？

「面倒な女だよ」レイフが言った。「とてもひと筋縄じゃいかない」

　ニコールは両手を掲げた。「もうやすむわ。あとはお二人でどうぞ」立ち上がり、戸口に向かう。

「あっさり降参か？」レイフの声が追ってきた。

　彼女は肩ごしに切り返した。「誰が降参なんかするものですか」

「確かに面倒な女だね」兄と二人になると、マイケルは言った。「で、彼女をどうするつもり？」

　レイフはちらりと弟を見た。「結婚する」

　マイケルの目がまるくなった。「また急な話だな」

　レイフは肩をすくめ、瓶ビールをぐいと飲んだ。

「時間はかかるかもしれないが、きっとそうなる」

「ニコールにはもう話したのか？」

「そのうち話すよ」

「向こうも兄さんに気があるようだけど、そううま

「くいくかな」マイケルの口調は懐疑的だった。「彼女は兄さんの社会的地位を全然評価していないみたいだし」

「ああ」レイフは顔をしかめた。「でも、そんなことはどうでもいい。肝心なのは彼女がジョエルの母親で、ぼくがジョエルの父親で、ぼくたちが家族になるってことだ。ジョエルにはぼくのような思いはさせたくない。彼女もきっとわかってくれる」

マイケルはしばらく押し黙った。「なんだか身もふたもないプランだね。たいていのレディはロマンスか愛情を求めるものらしいけど」

レイフは肩をすくめた。「ぼくはニコールの妹に熱を上げて、ばかな真似《まね》をした。もう色恋沙汰《ざた》はごめんだ。ジョエルのためだと言えば、ニコールもわかってくれる。彼女にとって、ジョエルは世界中の誰よりも大切な存在だから。ぼくたちが結婚することがジョエルにとっていちばんいいことなんだよ」

「ふうん」マイケルは曖昧《あいまい》な口調でつぶやいた。「なんだ？　ぼくの考えにけちをつけるのか？」

「いや、言うほど簡単じゃない気がしてさ。ニコールは権力のある男に偏見があるだろう。しかも兄さんは求愛するつもりがない。愛しているふりさえしようとしない。それでうまくいくとは思えないんだよね」

「まあ、見ていろ。おまえをあっと言わせてやる」

「どうかな」マイケルはまだ半信半疑だった。「ところでイタリアの叔母さんの件だけど、話は本当だと思う？　レオは生きていると思う？」

弟の願望に満ちた声がレイフの胸を締めつけた。マイケルはあの列車事故以来ずっと罪悪感に苦しんできたのだ。「さっきも言ったが、ぼくは期待しないようにしている」

「もしレオが生きているなら、ぼくが必ず見つけ出す」マイケルの目にうっすらと涙がにじんだ。

「ああ。可能性は低くても、ぼくもできるだけ調べてみるつもりだ」

「兄さんがここまで成功できたのも奇跡みたいなもんじゃないか」

「そうだ。たいていのことは努力すればなんとかなるものだ」

「その調子でニコールも説得できるといいな」

レイフは弟にパンチをするふりをした。「あまりプレッシャーをかけるな。ニコールはおまえの三倍も手強《てごわ》い相手なんだぞ」


土曜の朝、レイフは自宅で仕事をした。用件を片づけ、コーヒーを片手に新聞を読んでいると、ニコールとジョエルが階段を下りてきた。どちらもジーンズにTシャツ、スニーカーといういでたちだ。

その様子から見て、二人でどこかへ行こうとしているらしい。レイフはがっかりした。今日の午後はまた三人で海に出ようと考えていたからだ。

「二人とも、何か予定がありそうだね」

ジョエルは真面目な顔でうなずいた。「ぼくたち、大事なおしごとをするんだよ。スープをくばるの」

レイフはニコールに戸惑いの視線を向けた。「スープ？」

「ええ、今日はジョエルと無料食堂を手伝う予定なの。アトランタでもやっていたのよ」

「なぜぼくに言わなかった？　数カ月分のスープくらい寄付できたのに」

「お金の問題じゃないわ。これは奉仕なの。行動して、自ら汗を流すことが大事なのよ」

「なるほど」ニコールは奉仕活動に参加することでジョエルに社会を学ばせようとしているのか。息子の誇らしげな表情を見るうちに、レイフも誇らしい気持ちになった。「だったら、ぼくも参加しよう」

ニコールは目をしばたたいた。「あなたが？」

「構わないだろう？　スープを配るだけならぼくにもできる」

「でも、ただ配るだけじゃだめなのよ。相手に敬意を払わないと」

「敬意を払う？」レイフは自分の胸を指さした。

「任せてくれ」

「あと、運転手つきの車は遠慮してくれる？」

「ぼくの財力が恥ずかしいから？」彼はくすりと笑った。初めてのことだが、なんだか面白そうだ。

二時間後、レイフの考え方は大きく変わっていた。スープを求めて集まった人々の中には、会社の社長だった男性もいた。ホームレスの女性や子供たちもたくさんいた。以前から慈善事業には大金を寄付してきたが、今回のことで、それだけでは足りなかったのだと気づいた。

彼はニコールの思いやりやジョエルの勤勉さにも感心していた。大人にも子供にも笑顔で接する息子を見ていると、誇らしさで胸がいっぱいになった。

無料食堂の帰りに、二人をアイスクリームショップへ連れていった。「よくがんばったな、ジョエル。パパとハイファイブをしよう」

ジョエルは片手を上げ、父親と手のひらを合わせた。「パパもがんばったね、はじめてにしては」

レイフはにやついているニコールをちらりと見た。

「ぼくは毎日スープを配っているわけじゃないからな」

「パパもれんしゅうしたらうまくなるよ」

胸が熱くなり、レイフは息子を引き寄せた。「ああ、もっといろいろなことを練習しないとな」

ニコールはそっと目頭を拭《ぬぐ》い、サングラスをかけた。「あなたはよくやっていると思うわ」

「えらくほめるじゃないか。きみは点が辛いのに」

彼女は肩をすくめた。「いきなりシングルファーザーになったんだから、大変なのは当然よ」

「シングルか」レイフは息子の抱擁を解いた。「でも、ぼくには専門家のパートナーがいる」

ニコールがくすりと笑った。「そういえば、しばらく父親教室をしていなかったわね。いい機会だから、父親の心得その二を教えてあげる。親の専門家なんていないのよ。みんなアマチュアなりに精いっぱい努力しているだけ」

二人の視線がぶつかり、レイフのみぞおちはざわついた。ニコールはぼくの感情を揺さぶる。さまざまな挑戦をぼくに突きつける。こんな女性はいままでいなかった。

「心得その二か。じゃあ、その一はなんだ?」

「子供を愛すること」

「了解、先生」

ニコールが彼の瞳をのぞき込んだ。レイフの体の奥に願望の入りまじった奇妙な活力が生まれた。彼女をぼくと結婚させるにはどうすればいいだろう?

その日、三人は夕方までプールで過ごし、夜はバーベキューを楽しんだ。だが、レイフは気づいていた。ニコールが気もそぞろの状態だったことに。彼女が携帯電話を見ては眉をひそめていたことに。

ニコールに問いただしたかったが、彼女はジョエルを寝かしつけるとすぐに自分の部屋へ消えた。眠れなかったレイフは、海外への進出計画を練り、眠くなるのを待ってからベッドに入った。

そして、ニコールの金切り声で起こされた。レイフはベッドを飛び出し、ニコールの部屋へ走った。

ニコールは悪夢にうなされ、激しく寝返りを打っていた。「いや、やめて! あの子を奪わないで。あの子を傷つけないで」

レイフはニコールの肩に手を置いた。「ニコール、きみは夢を見ているんだ」

「だめよ、あの子は渡さない」

ただならぬ様子に眉をひそめながら、レイフはそっと彼女を揺すった。「ニコール、目を覚まして」

ニコールは首を左右に振り、目をしばたたいた。ようやく気がつくと、何度も浅い息を繰り返した。

「レイフ？」

「ああ、ぼくだ」

彼女は再び息を吸った。「父のせいなの。携帯電話にメッセージが残っていて。父はジョエルを狙《ねら》っているのよ」

レイフはとっさに身構えた。「なんだって？　それは夢の話か？」

ニコールは首を振り、乾いた唇をなめた。「いいえ。父は前からジョエルが欲しかったの。でも、あんな人にジョエルを任せられない。きっとひどく傷つけられてしまうわ」

「きみの父親はジョエルを奪う気なのか？」

ニコールは目を閉じた。「父は昔からジョエルを狙っていたの。わたしが助けはいらないと拒否したから、手を出せずにいたけど、それでもずっとわたしを監視して、チャンスをうかがっていたのよ」

レイフは小声で悪態をついた。「タバサが死んでからずっとそうだったのか？」

ニコールはうなずいた。「一週間前、父が電話してきたわ。ここを訪ねてきたいって。ギリシアのなんとかという会社との商談に手こずっているみたいで、それきりになっていたんだけど」

レイフは目を細めた。「アルギロスか」

「確か、そんな名前だわ」ニコールは目を開けた。「それが今日になって、やっぱりこっちに来ると言ってきたの。ジョエルを連れ戻すつもりなんだわ」

「いい解決方法がある」レイフは言った。

「どんな方法？」

「ぼくときみが結婚するんだ」

11

ニコールは高鳴る胸を懸命になだめようとした。

「それで何が解決できるの？」

レイフは肩をすくめた。「きみとぼくが組めば、お父さんに勝ち目はない。たとえ彼の財力と影響力をもってしてもね」苦々しさがにじむ声だった。

ニコールはレイフと視線を合わせた。「でも、あなたは本当にジョエルのいい父親になれるの？」

「きみはいままで何を見てきたんだ？　ぼくは息子のためにできる限りのことをしている。これでもまだ足りないのか？」レイフは問いただした。

その激しい反応がニコールの胸を貫いた。レイフの言うとおりだ。彼は理想の父親じゃないかもしれない。でも、その努力と優しさは本物だ。「わかったわ」ニコールは覚悟を決めた。「で、具体的にはいつどうやって結婚するの？」

「早ければ早いほどいい。手配はぼくがする」

月曜日の朝、レイフは結婚許可証を得るためにニコールを連れて郡庁舎へ出向いた。二人の写真入りの身分証明書を提示し、八十六ドル五十セントと引き替えに渡されたのは、離婚に至る理由を書き連ねた十六ページの小冊子だった。

レイフはその小冊子をニコールからひったくりたい衝動に耐えた。

「結婚って怖いわね」ページをめくりながらつぶやいた。

「そこに載っているのは最悪のケースさ」レイフは彼女の不安を和らげようとした。「きみもぼくも分別のある大人だ。ぼくたちには共通の目的がある」

「資産分割、夫婦間の虐待……吐き気がしてきたわ」

「ぼくは絶対にきみやジョエルを傷つけない」レイフはハンドルを握り締めた。「きみの父親がきみかジョエルに手を出そうとした場合は、自分でも何をするかわからないが。それでも、きみたちの安全だけは必ず守る。約束する」

ニコールは深々と息を吸った。「あなたを信じたい気持ちはあるの。でも、あなたは強すぎるから」

「弱い男のほうがよかった？　きみは貧相な男が好みなのか？」

「そんなことは言ってないわ。ただ……」ニコールはふいに言葉を切った。「あなたの力強さは頼もしいけど、怖くもあるのよ」

「それに、セクシーでもある」

「誰もそんなことは言ってないでしょう」

「でも、事実だ」

「なんだか自信過剰に聞こえるわ」

「自信過剰とは違う」

「事実ですものね」彼女はそこでいったん口をつぐんだ。「わたしたち、結婚後のことについて話し合ってなかったわ。あなたは浮気しないつもり？」

「もちろん」レイフは即答した。

ニコールは彼の顔をじっと見つめた。「できない約束はしないほうがいいわよ」

レイフは駐車スペースに車を停《と》めた。「何が言いたいんだ？　ぼくがきみに面倒を押しつけて、自分だけ遊びまわるとでも思っているのか？」

ニコールは唇を噛《か》んだが、彼から視線を外さなかった。「わたしは裕福で力を持った男のもとで育ったの。父は、浮気は男の甲斐性《かいしょう》と考えるような人よ。実際、富と力に惹《ひ》かれる女性は大勢いるし」

「これはきみの父親じゃなく、ぼくの話だろう」

ニコールの目にさまざまな感情がちらついた。

「あなたは昔タバサに惹かれていた。でも、わたしはタバサとは違う。決してタバサにはなれないの」

レイフは頭を下げ、ニコールの唇に短いキスをした。「それはよかった」

続く二十四時間、ニコールの心は揺れに揺れた。自分の正気さえ疑うほどだった。

ただ、レイフがジョエルのためを思って結婚しようとしていることだけは信じられた。彼の息子に対する愛情と献身は本物だ。

問題はレイフと自分との関係だ。彼はわたしを求めてはいるけれど、わたしに夢中というわけじゃない。それが現実だとわかっていても、やっぱり傷ついてしまう。彼に愛されたいと願ってしまう。わたしのほうは彼に夢中なのだから。

この思いが報われなかったらどうなるの？　わたしはないものねだりをしながら生涯を送ることになるの？　いつか彼に愛される日を夢に見ながら？

翌日、ニコールは一応花嫁らしく装った。膝丈のクリーム色のドレスは、ジョエルがプレスクールに行っているあいだに衝動買いしたものだ。同じくクリーム色のレースのバッグを合わせ、十八歳の誕生日に母親から贈られた真珠を身につけた。

鏡を見て驚いた。自信にあふれて洗練された花嫁に見える。心の中は迷いでいっぱいなのに。

気持ちを落ち着け、ニコールは一階へ向かった。階段の下でレイフが待っていた。彼は黒いスーツに赤いネクタイを締めていた。白いシャツが日に焼けた肌と黒い髪を際立たせている。

レイフが手を差し伸べた。「きれいだよ」

「ありがとう」ニコールは微笑《ほほえ》んだ。「あなたもすてきよ」

レイフは彼女の髪をなでた。「本当にきれいだ」

「髪の色が明るくなくても？」タバサのことを考え

ながら、ニコールは尋ねた。

「もちろん」レイフは彼女の手にキスをした。「では、ショーを始めようか」

ニコールはリムジンに乗り込んだ。生まれて初めて、昼前からマティーニを飲みたくなった。これは正しいことなのかしら？　ジョエルにとってはそうだろう。でも、わたしにとっては？

レイフが用意した婚前契約書は寛大な内容のものだった。そこには離婚後もニコールに共同親権を認める条項が含まれていた。息子を別れた妻と分かち合うのは、レイフにとってつらいことだろう。それでも、彼はジョエルの幸せを最優先にしたのだ。

ニコールは再び自分の未来に思いをはせた。レイフにとって、わたしはいつまでたっても都合のいい存在でしかないのかしら？

気がついたときにはリムジンが停まっていた。二人は郡庁舎へ入り、行政官の前で結婚の誓いを述べた。レイフは式の締めくくりにキスをした。

ニコールは彼の瞳を見つめ、この決断が間違いでないことを祈った。それからレイフに手を取られ、庁舎をあとにした。「さて、どこで食事しようか？」

ニコールは喉のつかえをのみ下した。「そこまで考えていなかったわ」

レイフは彼女と視線を合わせた。「じゃあ、いま考えてくれ。どんなファストフードでぼくたちの結婚を祝いたいか」

「マスタードとピクルスがたっぷり入ったチーズバーガーなんてどうかしら？　あと、脂でぎとぎとのフライドポテトとチョコレート味の何か」

レイフはうなずいた。「きみの欲しいものならなんでも」

わかっていないのね、とニコールはひそかに考えた。わたしが欲しいのはあなたなのよ。

三十分後、二人はリムジンの後部座席でチーズバーガーとフライドポテトとチョコレート味のアイスクリームを食べ、シャンパンを飲んだ。

「ジャンクの極致ね」シャンパンに続いてアイスクリームを口へ運びながら、ニコールは言った。

レイフは彼女とグラスを合わせた。「そこがいいんだよ」彼はふた口でシャンパンを飲み干した。

ニコールの頭は少しくらくらしていた。「でも、明日は二日酔いになりそう」

「だったら、その分だけ楽しんでおこう」

そう言って、レイフは彼女の唇にキスをした。ニコールのめまいはさらに強くなった。

「きみはクールなときとホットなときがあるね」レイフは彼女の唇にささやいた。「ぼくはいつもきみをホットにすることばかり考えている」

彼の手が胸のふくらみをとらえ、もう一方の手がドレスの下に潜り込んだ。火山から噴き出す溶岩のごとく、ニコールの全身に熱が広がっていった。

「レイフ」

「きみはもうぼくの妻だ」レイフの唇が彼女の頬から喉へ移った。「せっかく結婚したんだから、楽しまない手はない」

この人はわたしの夫。わたしのものなんだわ。そう気づいたとたん、ニコールの中で何かが解き放たれた。彼女はレイフに身を任せ、彼がドレスをずらしてショーツを押し下げても、抵抗しなかった。世界がぐるぐるまわっている気がした。レイフの髪をつかみ、彼のたくましさと情熱に浸った。

やがてレイフが中に入ってきた。ニコールは欲望に打ち震え、彼の存在以外のすべてを忘れ、これまでに経験したことのない高みへと昇りつめた。

「レイフ」ニコールは彼にしがみついた。

「ニコール」レイフも絶頂を迎えようとしていた。

「きみはぼくのものだ。ぼくだけのものだ」

二人が自宅に戻ったのはそれから三十分後のこと

だった。レイフの半ば閉じた目には、まだ情熱の余韻がくすぶっていた。

「あとでハネムーンの続きをしよう」彼はニコールの唇に官能的なキスをした。「くそっ、いますぐ続きができたらいいのに」

「でも、ジョエルを放《ほう》っておけないわ」

「そうだな」レイフはニコールの髪をなで、もう一度キスをした。「いまはこれで辛抱するか」

レイフはわたしを求めているの？　わたしがジョエルの母親だからではなく？「わたし、あなたについて知らないことがたくさんあるわ」

「そのうちわかるよ。お互いにね」レイフはため息をついた。「ジョエルはヘルパーがプレスクールまで連れていったんだっけ？」

ニコールはうなずいた。

「あいにく、片づけなきゃならない仕事があるんだ。夕食のあとにまた落ち合おう」

「いいわ。場所は居間にする？」

「いや、きみはぼくの妻なんだ。これからはぼくの寝室で眠るんだよ」

その日の午後、ニコールは運転手つきの車でジョエルを迎えに行った。夕食は親子三人でシェフが用意したバーベキューを楽しんだ。学校で遊び疲れたらしく、ジョエルは早めにベッドに入った。

レイフは待ちかねたようにニコールを大きなベッドへ導いた。「初めて会ったときからきみが欲しかった」ニコールの服を脱がせながらささやいた。「きみとジョエルを幸せにするためなら、どんなことでもするよ」彼の唇がニコールの喉から胸のふくらみへ、そして、さらに下へ向かった。

ニコールはセクシーで魅力的な女になった気がした。しかし、自分は都合のいい道具にすぎないかもしれないという思いも拭《ぬぐ》いきれなかった。

レイフの唇が秘められた部分に行き着くと、頭が真っ白になった。「レイフ」

「きみを味わいたいんだ。あらゆる方法で」

ニコールの体が喜びに震えた。レイフは体を浮かせ、改めて彼女を貫いた。体内が収縮し、レイフを締めつける。彼の歓喜の声に背中を押されて、ニコールは頂点まで昇りつめた。

「もっとだ」レイフも彼女の中で絶頂に達した。「もっときみを味わいたい」

ニコールはレイフに両腕をまわし、黒い髪をまさぐった。もっと近づきたくて、彼の腰に両脚も巻きつけた。もっと。もっとこの人が欲しい。レイフのすべてが欲しい。でも、彼は体だけじゃなく心までわたしに与えてくれるかしら？


レイフは人生で最高の気分を味わっていた。翌朝、彼は裸のニコールを腕に抱いて目を覚ました。とっさに考えたのは、寝返りを打って、彼女の中に入ることだったが、その衝動を抑えた。

愛らしい花嫁は、ゆうべぼくを夢の世界に連れていってくれた。少しは休ませてやるべきだ。

レイフはニコールの素肌の感触を楽しんだ。ニコールは彼の胸板に胸を押しつけ、喉に頬を寄せ、脚と脚を絡ませて眠っていた。

いますぐにでもニコールを抱きたい。ぼくの妻を。タバサとの一件があって以来、一生結婚しないと決めていた。でも、ニコールがぼくの心を変えた。

彼女はぼくがジョエルのために結婚したと思っている。でも、それは違う。ぼくはあらゆる意味で彼女を求めている。ニコールといると、自分には感じられないと思っていた感情がわいてくる。忘れていた自分を思い出す。大切にされ、必要とされている気分になれる。彼女のために、ジョエルのために、もっと努力したいと思える。

「おはよう」ニコールが目を開き、彼の素肌に顔を寄せてため息をついた。

「おはよう」レイフは彼女の胸のふくらみを指でたどった。

ニコールはうめき声をもらして体をすり寄せ、彼の肩から腕へと両手をはわせた。その手は胸へ移り、さらに下へ向かった。

「きみを休ませるつもりだったのに」高まった欲望の証《あかし》に触れられ、レイフはうなった。

「どうして休ませるの？」

挑発的なまなざしに抵抗はできなかった。レイフは仰向けになり、ニコールを自分の上にのせた。

ニコールは驚きに目をまるくしたが、すぐに上体を起こし、少しずつ腰を落として彼を包み込んだ。

ニコールのクールなうわべの奥に炎が隠されていることはレイフも知っていた。だが、彼女がここまで大胆になれるとは思ってもいなかった。ニコールは彼の胸に乳房をこすりつけ、唇と唇を合わせた。口の中に入ってきた彼女の舌を吸い、急速に昇りつめていくのを感じながら、レイフはなんとか踏みとどまった。やがて、ニコールの体が震え出した。

「ニコール、もっとだ。もっときみが欲しい」その言葉とともに、レイフは欲望を解き放った。

翌朝、目を覚ましたニコールは、レイフがキスをして出かけていったことを思い出した。夢かと思うほどぼんやりした記憶だったが、現に彼女の唇は腫《は》れていて、体の敏感な部分にも鈍い痛みがあった。

「ママ、起きて」ジョエルがベッドに飛び乗った。

「どうしたの？」ニコールは微笑んだ。「今日はプレスクールで何かあったかしら？」

「かめだよ」ジョエルは覚えていて当然と言わんばかりの口調で指摘した。「かめにさわるんだよ。一四、連れてきていい？」

「今日はだめよ」ニコールはジョエルのくせ毛をく

しゃくしゃにした。「でも、亀《かめ》がどんなだったか、あとで聞かせてね」

「そしたら、おうちでかっていいの？」ジョエルはベッドの上で跳びはねた。

ニコールは小さな鼻を指でつついた。「そうね。まずは調査してみないと。ほら、ベッドから下りて。ママにシャワーを浴びさせてちょうだい」

一時間後、ニコールはジョエルをプレスクールまで送り、自宅に戻った。家へ入ろうとしたとき、運転手のダンが家政婦に話しているのが聞こえた。

「車の修理はキャンセルするよ。封筒を届けるように、ミスター・メディチから電話があったから」

「わたしが届けるわ」ニコールは言った。レイフからはいつでもクルーザーに来ていいと言われている。彼は仕事で忙しいだろうけれど、少し顔を見るだけでいい。この二日間が夢のようで、ダイヤモンドの指輪をしていても結婚した実感がわかないのだ。

「いや、それじゃ申し訳ないです、ミス……」運転手は言葉を切り、微笑んだ。「ミセス・メディチ」

ミセス・メディチという呼びかけにニコールは戸惑った。「いいのよ。ほかに予定もないし」

「そうですか。封筒はＮＡというマークが入っていて、書斎のデスクの上にあるそうです」

「任せて」ニコールは封筒を取りに行った。途中、以前使っていた寝室に立ち寄り、髪をとかし、唇にグロスを塗った。鏡をのぞいて驚いた。興奮できらめいた瞳、紅潮した頬、笑みを浮かべた口もと。

これはレイフのせいなの？　いいえ、いまは自己分析なんてどうでもいいわ。わたしもジョエルも幸せだもの。だから、レイフも幸せにしてあげたい。

ニコールは車に乗り込み、ＧＰＳを頼りにレイフのもとへ向かった。駐車係に車を託すと、封筒を手にクルーザーへ近づいていった。まぶしい日ざしのように、気持ちも明るく弾んでいた。

彼女を出迎えたスタッフが、レイフのオフィスの方角を指さした。階段を下りていくと、話し声が聞こえてきた。オフィスのドアが薄く開いている。そのドアを押し開けたニコールの目に、マディーに抱かれたレイフの姿が飛び込んできた。

「わたしたちはずっと一緒よ」マディーがレイフの髪をまさぐりながら、さらに体を押しつけた。「結婚しても何も変わらないわ。わたしのことは信用できても、彼女のことは信用できないでしょう?」

愕然《がくぜん》としたニコールの手から封筒が落ちた。レイフが即座に振り返った。「ニコール、これは――」

「いや」よろめくように後ずさりながら、ニコールはかぶりを振った。心が粉々に砕けた気がした。「わたし……わたし……」喉が締めつけられ、かすれた声しか出てこなかった。

泣き出しそうになり、ニコールは背中を向けた。やみくもに階段を上り、光の見えるほうへ走った。

「ニコール、待ってくれ! ニコール!」

レイフの叫び声を聞いて、彼女はさらに足を速めた。なんてばかだったのだろう。レイフとの結婚がうまくいくと思うなんて。彼は裕福で成功している。普通の人とは違うのだ。父と同じで、自分が望めばなんでも――誰でも手に入れられる人なのよ。

レイフに腕をつかまれ、ニコールは彼の手を振りほどこうとした。だが、レイフは彼女の肩をとらえて振り返らせ、瞳の奥をのぞき込んだ。「きみの言ったとおりだった。ぼくがきみと結婚したことを話すと、マディーは急に逆上した。きみとの結婚は間違いだ、自分のほうがふさわしい相手だと言い出した。あとはきみが見たとおりだ」

「でも、彼女は結婚しても二人は何も変わらないって言っていたわ」

「勘違いしないでくれ。今日までマディーが一線を越えたことは一度もない。とはいえ、こうなった以上は彼女を解雇するしかないが」

「彼女を辞めさせるの?」ニコールは安堵《あんど》した。同時に、マディーを気の毒に思った。

「そうするしかないだろう。ぼくにとって何より大切なのはきみとジョエルなんだ」

ニコールは唇を噛んだ。この目……彼は本気なんだわ。それとも、わたしがそう思いたいだけ?

レイフはニコールの両腕をさすった。「ここで待っていてくれ。一緒にうちへ帰ろう」

「一緒に? あなたのコルベットはどうするの?」

「そっちは運転手に回収させる」レイフは髪をかき上げた。「五分で戻るよ。マディーを正式に解雇し、クルーザーから退去させないと」

「退去?」ニコールは表現のきつさにひるんだ。

レイフはうなずいた。「あとで推薦状は送るが、彼女には即刻立ち去ってもらう。五分後に駐車場で落ち合おう」彼はニコールにキスをした。そのキスは二人が交わした誓いを思い出させるものだった。

駐車場へ向かいながら、ニコールは考えた。マディーの気持ちもわかる。レイフには魅力がありすぎるもの。わたしはその魅力に抗《あらが》おうとした。でも、彼の力強さとひたむきさに触れるうちに、わたしの中で何か——もしかしたらすべてが変わってしまった。彼女はクルーザーを振り返り、近づいてくるレイフに気づいて胸を高鳴らせた。

「マディーの様子は? 大丈夫だった?」レイフと並んで歩きながら、ニコールは問いかけた。

レイフは駐車係に指示を出してから彼女に向き直った。「きみは見た目も信じられないほどきれいだが、心も同じくらいきれいなんだね」

ニコールは彼の言葉にぼうっとなった。「どういう意味?」

「夫を横取りしようとした女のことを心配するなんて、普通は考えられないだろう」

「だって、気の毒だもの。本当の気持ちを隠して、何年もあなたの下で働いてきたのよ。女にとって、あなたは厄介な男なの」

レイフは眉間《みけん》にしわを寄せた。「厄介？」彼はニコールを助手席に乗せ、自分も運転席に乗り込んだ。「ぼくが厄介だって？」

「ええ。あなたはハンサムで、成功していて、チャーミングで、思いやりがあるわ。そんな男性に女が抵抗できると思う？」

レイフはいったん発進させた車を停めた。「つまり、きみもぼくに抵抗できないってことかな？」

ニコールは開きかけた口を閉じた。「あなたはわたしのほめ言葉なんて必要としてないでしょう」

「それどころか、ぼくはきみのほめ言葉に飢えているよ。飢え死にしそうなくらいだ」

ニコールは笑みを隠すために窓の外へ目をやった。

「でも、あなたなら生き延びられるわ」

12

ニコールをからかうより楽しいこと、それは彼女とセックスをすることだけだ。生涯に一度出会えるかどうかという希有《けう》な女性。その女性に少しは信頼されるようになったことで、レイフは大きな賞を勝ち取ったような気分になっていた。先はまだ長くても、決意は固かった。いつかは必ずニコールの心も自分のものにするつもりだった。

自宅の私道に入ったところで、レイフは見慣れない車に気づいた。「誰の車だろう？　今日は来客の予定があったのか？」

「いいえ。あなたの顧客が約束を間違えて、こっちに来てしまったんじゃないの？」

「それはないな。客とは今朝話をしたばかりだ」レイフは車のエンジンを切った。

車を降りると、彼はニコールの腰に腕をまわして家の中に入った。すぐにキャロルがやってきた。

「ミスター・コンラッド・リヴィングストンという方がお見えです。ミセス・メディチの父親だとおっしゃるので、中にお通ししておきました」

レイフはニコールと視線を合わせた。彼女の顔は青ざめていた。「大丈夫。ぼくが追い返してやる」

「でも――」

そのとき、背の高い堂々とした男が玄関に現れた。

「いやいや、きみには恐れ入ったよ」リヴィングストンは南部訛《なまり》で言った。「わたしの娘を二人ともベッドに連れ込んだうえに、アルギロス社との契約まで横取りするとは」

レイフの頭に血がのぼった。彼はとっさに腕を引き、相手の顔にパンチを見舞おうとした。

ニコールがその腕をつかんだ。「だめよ」

レイフは目をしばたたき、深呼吸をした。くそっ、こいつのにやにや笑いをはぎ取ってやりたい。

「もし父を殴ったら、あなたも父と同じになってしまうわ」ニコールが小声で警告した。

レイフはまた深呼吸をして、こぶしを下ろした。

「まず、ぼくの妻にそういう口の利き方をするな」

彼の言葉でリヴィングストンの顔色が変わった。

「それから、ぼくがあの契約を取れたのは、あなたよりも努力を重ねた結果だ」

ニコールは彼を見上げた。「アルギロス？　わたしが前に話したギリシアの会社のこと？」

レイフはうなずいた。「ぼくもあの会社と商談を進めていたんだ」

「この馬の骨が」リヴィングストンが吐き捨てた。

「馬の骨だと？」レイフはぎりぎりで怒りを抑えた。

「ぼくは孤児だったが、馬の骨じゃない。もう帰ってくれ」

「では、娘と孫を渡せ」リヴィングストンはニコールに視線を移した。「こんな男を信用するな。おまえはタバサの身代わりにすぎないんだぞ」

レイフの怒りが再び燃え上がった。「何を――」

「この男がおまえを望む唯一の理由は、おまえがジョエルを育てているからだ。この男はおまえを利用しているだけだ」

「違う。ニコールに出会えたのは、ぼくの人生で最高の幸運だ」

ニコールがはっと息をのんだ。

「こいつはジョエルを手元に置くためにそう言っているだけだ。おおかたジョエルが手にする遺産を狙《ねら》っとるんだろう」

ニコールはかぶりを振った。「それは違うわ。レイフには自分で稼いだお金がたくさんあるのよ」

レイフの胸は誇らしさでいっぱいになった。

「だったらこの男の狙いは復讐《ふくしゅう》だ。タバサとの仲を裂いたわたしを恨んでいるんだ」

その言葉がニコールの疑念を呼び覚ました。彼女は唇を噛《か》み、目を閉じた。

「ニコール、彼の言ってることはでたらめだ」レイフは彼女の背中に手をまわしたが、ニコールは身を硬くした。そのささいな仕草が彼を傷つけた。「ニコール」

「ニコール、わたしはおまえの父親で、ジョエルの祖父だ。あの子がリヴィングストン家の遺産を受け取れなくなってもいいのか？　すべてわたしに任せておけ。ずっとそばにいて、おまえを支えてきたのはわたしだぞ。ジョエルが生まれたとき、こいつはどこにいた？　タバサが死んだときは？」

レイフは両手をこぶしに握り、怒りに耐えた。

ニコールが目を閉じる。レイフは彼女の迷いを感じ取った。

「メディチみたいな男にとって、リヴィングストン家とつながりを持つことがどれほどの意味を持つかわかるか?」リヴィングストンは続けた。

長い沈黙が訪れた。レイフは蛇がうじゃうじゃいる穴の上に宙づりにされたような気分だった。

ようやくニコールが目を開けた。「レイフがその場にいなかったのは、ジョエルの存在を知らなかったからよ。そう仕向けたのはパパでしょう?」

「確かにわたしは、メディチと別れなければ信託財産を没収するとタバサに言った。しかし、それはタバサのためを思ってしたことだ」リヴィングストンはレイフに蔑《さげす》みの視線を投げた。「この男はタバサの身代わりとしておまえを望んでいるだけだ。わたしに復讐するためにジョエルを望んでいるんだ」

ニコールはたじろぎ、さらに身を硬くした。「それは違うわ。わたしはただの身代わりかもしれない。でも、彼は本気でジョエルの父親になりたがっているの。ジョエルを愛し、あの子を守るためならなんでもするつもりなのよ」

「ジョエルはわたしが守る」リヴィングストンが言い放った。

ニコールはかぶりを振った。「ジョエルがパパの言うことを聞くうちは、でしょう。ジョエルもわたしも絶対にパパとは暮らさないわ。パパと一緒に帰るつもりはありません」

リヴィングストンの顔がこわばった。「いまに後悔するぞ。進んで妹の身代わりになるとはな」

「とっととうせろ」レイフは大声で言った。これ以上ニコールを苦しませたくなかった。

「わたしに命令するとは何様のつもりだ?」

「ここはぼくの家だ。出ていかないと、警備会社に連絡するぞ」

「一人では何もできないのか?」

「ニコールはぼくの大切な人だ。その父親に暴力を振ることはできない。さあ、出ていけ」

コンラッド・リヴィングストンは悠々と玄関から出ていった。ニコールは自分の体に両腕を巻きつけている。荒れ狂う感情が彼女の瞳を陰らせていた。

レイフはニコールの腕に手を置いた。しかし、ニコールはその手から身を引いた。視線を合わせようともしなかった。「ジョエルを迎えに行かなきゃ」

「ぼくも一緒に行こう」

「いいえ、いいの。しばらく一人になりたいから」

「そんな状態で運転できるのか？」

「大丈夫。ちょっと空気が必要なだけよ」ニコールは車のキーを求めて両手を差し出した。

レイフはその手にキーを預け、玄関から出ていくニコールを見送った。腕に抱いているだけで我が家を見つけたような気分にさせてくれる、ただ一人の女性。ぼくはその女性との最後のチャンスを失ってしまったのだろうか？


ジョエルとどこかに逃げたい。ニコールは打ちのめされた気分でそう考えながら、プレスクールへ向かった。

ギリシアの会社との契約。その契約はいつ結ばれたの？　パパが契約を取れなかったのは、わたしがレイフに情報をもらしたせい？　確かにわたしはパパと距離を置きたいと思っている。だけど、実の親に不幸になってほしいとは思わない。

パパが言うように、わたしはタバサの代役なのかしら？　以前なら、そんなことを言われても我慢できた。実際、昔からタバサの陰に隠れて生きてきたのだから。でも、いまはだめ。レイフには、わたし自身を見てほしい。わたし自身を求めて、わたし自身を愛してほしい。

レイフはわたしがいままでに会った中でもっとも強い人だ。でも、わたしは彼を守ってあげたい。彼の願いをかなえてあげたい。わたしの愛を感じさせたい。そして、わたしも彼に愛されていると感じたい。

プレスクールの駐車スペースに車を停《と》めながら、ニコールは自分をなじった。あなたって救いようのないばかね。レイフがはっきり言ったでしょう。この結婚に愛は関係ない、と。

それから一時間半後、レイフは一階のオフィスを歩きまわっていた。父親の事故死と母親の病死という悲劇はあったものの、彼は自分のことを運のいい人間だと思っていた。愛情に恵まれなくても、商運には恵まれてきたからだ。しかし、その幸運も尽きてしまったのかもしれない。最初はマディー、次はニコールの父親。今日は災難続きだ。彼は歩きまわりながら顔をこすり、小声で悪態をついた。この事態を収束するにはどうすればいいんだろう？　いったいどうしたら彼女に信じてもらえるんだろう？

ぼくにとってニコールとジョエルは、命より大切な存在であることを。

「ミスター・メディチ」キャロルが封筒を抱えてやってきた。「お邪魔してすみません」

レイフは家政婦に目をやった。「なんだ？」

「実は新しいアシスタントがミセス・メディチの元の寝室の花瓶を壊しまして。それで水がこぼれ、引き出しに入っていたこの封筒にもかかってしまったんです」キャロルは封筒を差し出した。

「わかった。ぼくが中身を改めよう」レイフは受け取った封筒を開いた。中から出てきたのは彼に関する調査報告書のコピーと二冊のパスポートだった。レイフは眉をひそめ、パスポートのページをめくった。一冊目にはニコールの写真が、二冊目にはジョエルの写真が貼《は》ってあった。書類をめくるうちに彼の動きが止まった。そこにはマイアミ発の国際便の時刻表と、未成年を国外に連れ出す条件が記されていた。

レイフは心臓を刺されたような気がした。

玄関のドアが勢いよく開かれる音がした。

「パパ!」ジョエルの叫び声が聞こえた。

「ここだよ」レイフは答えた。息子のために懸命に冷静さを保とうとした。

ニコールとジョエルがアイスクリームのコーンをかじりながら入ってきた。ニコールは彼にカップ入りのアイスクリームを差し出した。レイフはかっとなった。ぼくが苦しんでいるあいだ、彼女はジョエルとアイスクリームを食べていたのか。

彼は腰に両手を当て、二人に視線を据えた。「誰かさんはお楽しみだったみたいだな」

ニコールは曖昧《あいまい》な笑みを浮かべた。「今日はアイスクリーム日和だったから」

ジョエルがうなずいた。「ぼく、アイスクリームなら毎日食べてもいいよ。今日はね、かめにさわったんだ」

「そうか」レイフは息子に関心を移した。「で、どうだった?」

「かめもいいけど、ぼく、あれ、あれちねずみのほうがいいな。来週さわれるんだよ」

「あれちねずみに? そのときはまた感想を聞かせてくれ。で、今日は何がしたい? 泳ぐか?」

「犬かきじゃないのがいいな」

「よし。じゃあ、水着に着替えておいで」息子が二階に消えるのを待って、レイフはニコールに向き直った。「あとで話がある」

笑みが消え、ニコールは真顔に戻った。「話?」

レイフは封筒と書類を彼女の手に押しつけた。「ぼくたちの関係を見直すんだ」それだけ言うと、彼は着替えるために二階へ向かった。アイスクリームのカップは手つかずのままデスクに残された。

ニコールはパスポートと時刻表を見つめた。後悔の念に駆られ、両手で顔を覆った。レイフはこれを見て、わたしがジョエルを連れて逃げるつもりだと思ったのだ。でも、わたしがこの計画を立てたのは何週間も前、レイフに関する調査報告書を受け取った直後のこと。あのときは万一のために準備をしておいたほうがいいと思ったのだ。

いまはレイフとジョエルを引き離すなんて考えられない。そんなことをしたら、レイフだけじゃなくジョエルまで傷つけてしまうもの。

どうしたらいいのだろう？　どうやったらレイフの怒りを静められるの？

数時間後、レイフとニコールは泳ぎ疲れたジョエルをベッドに寝かしつけた。「話し合いの時間だ」ジョエルの部屋を出るなりレイフはそう言い、先に立って階段を下りていった。

ニコールのみぞおちがざわついた。なんて説明しよう？　どう説明したら信じてもらえるの？

居間に着くと、レイフはニコールに向き直った。

「いつジョエルを連れ出すつもりだった？」

ニコールは唇を噛んだ。「信じてもらえないと思うけど、あれは万一のときの計画だったの。以前のわたしはまだ、あなたがジョエルを傷つけないという確信が持てなかった。タバサの話と私立探偵の報告書から判断するしかなかった。だから、ジョエルを守るために万が一に備えるしかなかったのよ」

レイフは冷ややかな目つきでうなずいた。「きみの言うとおりだ。ぼくはきみの話を信じない。あまりにも都合がよすぎる。ぼくと結婚したことで、きみはジョエルの共同親権を手に入れたわけだし」

「一カ月前にあなたが現れるまでは、わたしが単独の親権者だったのよ」ニコールは言い返した。

「それは虚偽の申告に基づくものだ。タバサはわざと出生証明書からぼくの名前を除外した。きみはそこにつけ込もうとしたんだ」

「いざとなればね」ニコールは弁解した。「でも、それはあなたが暴力的だった場合よ」

レイフの瞳が怒りにぎらついた。「でも、ぼくは暴力的じゃなかった。主寝室はきみが使うといい。ぼくはクルーザーに戻るよ」

「いいえ、あれはあなたの部屋よ。それに、あなたがクルーザーに移ったら、ジョエルと顔を合わせる機会が減ってしまう。わたしが元の部屋に戻るわ」

レイフはためらってから、うなずいた。「いいだろう」

ニコールの中で何かがしぼんでいった。希望だろうか？ 愛じゃないことは確かだ。だって、わたしはいまでもレイフを愛しているもの。

それから数日のあいだ、レイフはニコールを無視しつづけた。この状態にいつまで耐えられるか、ニコールには自信がなかった。レイフに憎まれているのは明らかだった。それでも追い出さないのは、ジョエルが彼女を必要としているからなのだ。

三人にとってどうするのがいちばんいいことなのか。ニコールは必死に道を模索した。自分がここを去ることも考えた。考えただけで胸が張り裂けそうになった。

ある夜、ジョエルを寝かしつけたあと、ニコールはレイフに切り出した。「わたし、ここから出ていったほうがいいのかしら？」

レイフは首を振った。「いや。きみはここに残ってほしい。ジョエルはきみを必要としている」

でも、あなたはそうじゃないのね。

「弁護士と話をしたわ。わたしの共同親権を放棄して、婚姻無効の申し立てをしようと思うの」

レイフは皮肉っぽい目つきでニコールを見返した。

「婚姻無効？ 婚姻は成立したはずだ。いわゆる式の帰りに」

彼の言葉に、ニコールはひるんだ。だが、この状況を正すためになんでもしようという決意は揺るがなかった。「婚姻を無効にすれば、わたしの親権も無効になるわ。あなたがわたしにお金を払う義務もなくなり、完全に縁が切れるのよ」

レイフは眉を寄せた。「きみの権利をすべて放棄するということか?」

「ええ」ニコールは消え入りそうな声で答えた。

「考えておこう」レイフはぞんざいに肩をすくめた。

その瞬間、ニコールは永遠に彼を失ったのだと悟った。

13

レイフの家で過ごす時間が日を追うごとにつらくなっていった。徐々に楽になると、ニコールは思っていた。毎晩毎朝、自分に言い聞かせたが、そうはならなかった。ニコールは、子供の洗礼式に出席してほしいという従姉妹《いとこ》のジュリアの誘いを、安堵《あんど》と悲しみの入りまじった気持ちで受けた。ジュリアは子供の名づけ親にもなってほしいという。自分の立場を台無しにしたばかりのニコールにとっては、ジュリアが信頼してくれることがありがたかった。

「来週末、アトランタへ行ってくるわ」夕食のあと、ニコールはレイフに伝えた。例によって夕食のあいだ、彼からはほとんど話しかけてこなかった。

レイフは少しためらった。「どのくらいだ？」

「週末だけよ。ジュリアの子供の洗礼式なの」

「わかった。ジョエルを連れていくつもりじゃないだろうな」

「考えてもなかったわ」ニコールの口調はどうしても弁解がましくなった。「あなたは、ジョエルを連れていかせたくないだろうと思ったから。あなたに信用されていないことはわかっているもの」

「とんでもない。息子の世話に関しては、きみをとても信頼しているよ。でなきゃ、この家から出ていってもらっている」

レイフの言葉は意図せずしてニコールの心を傷つけた。ニコールはテーブルから立ち上がり、彼と視線を合わせた。「そう。じゃあ、わたしが来週末この家を離れるのもお互いにとって悪くないってことかしら」そう言ってくるりと背を向けた。

足を踏み出す間もなく、ニコールはレイフに手首をつかまれた。「どういう意味だ？」

ニコールは彼と目を合わせられなかった。「万一のときにジョエルを守るためにああいう計画を立てたことが、あなたには理解できないんでしょうけど――」

「ジョエルを父親から、この家から引き離すための計画だろう」彼の声は怒りに満ちていた。

ニコールは目を閉じて感情を抑えた。「あなたが理解できないのは、父親に虐待されなかったから。それと、父親と家をなくしているからよ。だから、あなたにはわからないの。ほんの一瞬でもいいから、わたしの立場になって、父親から虐待を受け続けたと考えてみて」

沈黙が続き、ニコールは体が震えるのを感じた。

「そんなことで変わるわけじゃ――」

激しい失望感に襲われ、ニコールはレイフの手を振りほどいて彼から離れた。「だからこんなにつらいのよ」無理に彼のほうを見る。「何も変わらないのに、わたしは変えたいと願って、こんなばかなことをしてしまった。でもやっぱりだめだった」

レイフはいぶかしげにニコールを見た。「こんなばかなことって？」

ニコールは皮肉っぽい笑いですすり泣きを隠した。「みんなが警告したのに……タバサもマディーも父も。なのにわたしは……」声がとぎれた。「嫌われているとわかっていて、あなたと結婚したままこの家にとどまるのがどんなにつらいかわかる？」彼女はかぶりを振った。「わたし、部屋へ戻るわ」

「ニコール」レイフが彼女の手をつかんだ。その手のぬくもりが、二人のあいだに芽生え、そして失われた情愛をニコールに思い出させた。

ニコールはかぶりを振った。「放して」泣き出しそうになるのを懸命に声に出すまいとした。「しゃべりすぎたわ」

翌金曜日の夜、ニコールはレイフとジョエルを残し、アトランタへ向かった。レイフが見ていると、ジョエルは正面の窓辺と、お気に入りのアニメを放送しているテレビの前とを行ったり来たりしていた。

「大丈夫か？」レイフは新聞から目を上げた。

ジョエルはうなずき、居間のソファーに座ったが、両脚はせわしなく揺れていた。「ママはジュリアおばさんとシドニーといっしょかな」

レイフは腕時計に目をやった。自家用ジェットを使うよう勧めたが、ニコールは定期便に乗ると言い張った。「予定だと、飛行機は三十分前に到着している。いまはきっと、おばさんの家に向かっているところだよ」

「着いたらでんわするって、ママ、言ったんだ」ジョエルは胸の前で腕組みをした。

「いまにかかってくるよ」

「ママはシドニーの名づけおやになるんだけど、本当のおかあさんになるわけじゃないんだ。ママはずっとぼくの本当のおかあさんなんだ」

「もちろんさ」レイフはうなずいた。「こっちへ来て、一緒に座ろう」

ジョエルはカウチに飛び乗り、レイフの膝に上った。その姿はあまりに幼く、あまりに無防備だった。この子を守るためならどんなことでもしよう。

ニコールがいなくてジョエルが寂しがっているのはわかる。レイフが驚いたのは自分自身の感情だった。ニコールが去って以来、家の中がどこかおかしい気がする。ここはぼくの家なのだから、彼女がいなくても問題ないはずだし、それどころか、ほっとしてもいいくらいだ。ニコールがいなければ、彼女がしたことも、そのセクシーな魅力も思い出さないですむ。ずっと望んできたものを、ニコールとジョエルと三人で作り上げていけると思っていた。彼女がそう思い込ませた。そのあとに受けた仕打ちを思い出さないですむのだ。

結婚式から二週間、レイフはニコールのまなざしに怒りが表れるだろうと予想していた。ところが、彼がそこに見たのは苦悩だった。そのうえ、彼女はすべての権利を放棄すると申し出た。離婚するときに支払うとレイフが同意した金も。最初こそ何かの策略だと思ったが、いまはその確信がない。

ジョエルはレイフの胸に頭を預け、深いため息をついた。三十分後、ジョエルは眠りに落ちた。レイフはそっと息子を腕の中に移し、二階へ運んだ。

ジョエルは、レイフの手を借りて寝支度をしたあと、動物の母親の本を出してきた。レイフが読み聞かせている途中で携帯電話が鳴った。発信者がニコールだとわかり、レイフの鼓動は乱れた。「やあ」

「こんばんは。出てくれてありがとう。ジョエルに電話をすると約束したのよ」

「ここにいるよ」レイフは電話機をジョエルの耳に押し当てた。ジョエルはしばらくおしゃべりをして、シドニーやジュリアのことを尋ねた。

「うん、ぼく、元気だったよ。パパとピザを食べたんだ」少し間があった。「ぼくもだいすき、ママ」

「ママと話をさせてくれ」レイフはささやいた。

「パパとかわるよ」ジョエルが言った。

「帰りはプライベートジェットを迎えにやるよ」

「いいのよ、本当に。だって直行便なのよ。飛行場に車をよこしてくれればいいわ」

「わかった。じゃあ、気をつけて」

ニコールは一瞬ためらった。「あなたもね」

ジョエルが再び本を差し出し、レイフは続きを読んだ。「ぼくのママは世界一だよ」ジョエルは目をこすり、レイフにすり寄った。「いっぱい本を読んでくれるでしょう。いっしょにゲームしてくれるでしょう。ぎゅってしてくれるでしょう。だけど、Wiiはあんまりじょうずじゃないんだ」

レイフはくすっと笑った。「すべてばっちりな人なんていないよ」

「ママはあとちょっとでばっちりなんだ」ジョエルは両手を伸ばしてレイフに抱きついた。「ぼくとママ、ここにずっといるの?」

期待のこもった息子のまなざしに、レイフは深く息を吸い込んだ。「ここが気に入っているかい?」

ジョエルはうなずいた。「プールがすきなんだ。それに、パパはWiiがじょうずだから」

レイフは息子を抱き寄せた。「ぼくはきみたちにここにいてほしいよ」彼はそっとささやいた。

ジョエルはため息をついて、あくびをした。「パパ、ぎゅってするのもじょうずだね。おやすみ」

「おやすみ」レイフは言い、ベッドわきの明かりを消した。一度息子のほうを振り返ってから部屋を出た彼は、廊下に踏み出したとたん、激しい孤独感に襲われた。いったいいつからだ？　いつニコールに対する欲望が必要性に変わった？　怒りのあまり、裏切りに対する感情以外を否定していた。

レイフははっと気づいた。ニコールは疑いや不安を感じながらも、ぼくが息子といい関係を築くためにできる限りの手助けをしてくれた。マディーとの茶番を目撃したときも、ぼくを信じてくれた。ぼくについて父親からひどい話をあれこれ聞かされても、ぼくのそばにいてくれた。

去っていってもおかしくないことは何度もあったのに、彼女は去っていかなかった。

まるで眼鏡の泥を洗い流したかのように、世界が違って見えた。ニコールをはねつけたとき、ぼくは人生でもっとも大事なものを拒んでしまったのだ。

髪をかきむしり、穴埋めをする方法を探った。今日、出発前の彼女はひどく打ちひしがれて見えた。

ニコールをそんなふうにしたのはぼくだ。それで

どんないいことがあった？　ぼくは彼女を罰することで自分を罰しているんだ。くそっ、ぼくは一生に一度のチャンスを逃してしまったのだろうか？

ニコールは礼拝堂の最前列の信者席に腰を下ろした。正面で、シドニーを連れたジュリアと夫が牧師と話をしている。小さな礼拝堂は家族ぐるみの友人たちだけでいっぱいだった。

ニコールの目頭は熱くなった。ジュリアは本当に幸せだ。夫からあんなふうに愛情を注がれるなんて。ニコールはバッグからティッシュを取り出し、感情的になるまいとした。レイフとの結婚生活を続けても、新たに子供を持つことはないだろうと思うと、身を焼かれるようにつらかった。

ニコールは自分を叱《しか》った。自分を哀れむのはやめなさい。せっかく、シドニーの名づけ親になるという名誉を、ジュリアが与えてくれたんだから。

靴音が聞こえ、顔を上げると、レイフとジョエルが近づいてくるのが見えた。ニコールは驚いて立ち上がった。「どうしたの？」ジョエルをちらりと見てから、レイフに尋ねた。「ジョエルに何か――」

「ジョエルなら大丈夫。ただ、きみが名づけ親になるときに夫と息子がそばにいるべきだと思ってね」

ニコールは呆然《ぼうぜん》とした。「そんないきなり――」

「プライベートジェットがあるんだよ」レイフはニコールの腕に触れて座らせた。「忘れたのか？」

すぐにジョエルが飛びついてきた。「ねえ、どうしてシドニーの服はあんなに長いの？」

「あれは洗礼服といって、ああいうものなのよ」ニコールは微笑《ほほえ》んだ。「会いたかったわ」

ジョエルは再び母親に抱きつき、隣に座った。レイフが背もたれごしに片腕を伸ばしてきて、彼女の肩に軽く触れた。ニコールは何がどうなっているのかわからなかった。

「どういうことなの？」

「あとで話すよ」

ニコールはレイフの目をじっと見つめた。そこに怒りはまったくなかった。数週間ぶりのことに、ニコールの胸はいっぱいになった。

「みなさん、ようこそ」牧師が言った。「わたしたちは、このいとし子を迎えた至福を祝し、感謝を捧《ささ》げるためにここに集いました」

儀式に集中しようとしても、レイフの存在が、彼が向けてくるまなざしが気になってしかたなかった。あの目はまるでわたしを……期待を抱くのが怖くて、ニコールは考えるのをやめた。

その後、数人がジュリアの家へ移動し、軽い食事をともにした。ジュリアがレイフに挨拶《あいさつ》をした。

「来てくれるとは思ってなくて。驚いたわ」

「土壇場で決めたんだ。迷惑でないといいんだが」

「とんでもない」ジュリアは彼とニコールを見比べ

た。ジョエルはといえば、ほかの子供とレゴでお城を作っていた。「ジョエルは遊ぶのに夢中みたいね。わたし、車にプレゼントを忘れてきたみたいなの。あなたたち二人で持ってきてくれないかしら？」

「いいわよ」ニコールは先に立って私道へ出た。外は意外なほど涼しく、思わず両腕をさすった。

レイフが代わって腕をさすり始め、ニコールをひどく驚かせた。「きみはもうマイアミの暖かさに慣れてしまったんだな」

ニコールの心臓は早鐘を打った。「そうかもしれないわね」

「ぼくが悪かった」

思いもよらない言葉だった。ニコールは頭をすっきりさせようと深呼吸をした。「いま、なんて？」

「ぼくが悪かったって言ったんだ」

ニコールは目をしばたたいた。「あなたの口からそんな言葉を聞くなんて想像もしなかったわ」


レイフは皮肉っぽく口もとを歪《ゆが》めた。そのままなざしは真剣なままだ。「きみがジョエルを連れて国を出ようと計画していることを知って――」

「万が一のためよ」実際、自分がそんな計画を実行できるとは思ってもいなかった。

「万が一か。でも、ぼくはすごく腹が立った」レイフは続けた。「それに、すごく不安になった」

ニコールは音をたてて息をのんだ。

「生涯望んできたものをようやく手にしたのに、それを失ってしまうかもしれない。大切なものをすべて失ってしまうかもしれない。そう思った」レイフは深呼吸をした。「きみは単にジョエルの理想の母親というだけじゃない。ぼくの理想の女性だった」

ニコールはあえぎ、かぶりを振った。

レイフはうなずいてみせた。「きみのお父さんは間違っている。きみはタバサの代わりじゃない。失礼な言い方だが、きみのほうがはるかに魅力がある。

きみはいい意味でぼくの人生を一変させてくれた」

「本当にそうならうれしいわ」

「ぼくは本気だよ」

「だって、わたしはあなたに恋してしまったから」

レイフがはっと息をのんだ。「本当に？」

ニコールはうなずいた。「言いたいと思っていたけれど、言うのが怖かったの。あなたのほうは同じ気持ちじゃないとわかっていたし――」

「待ってくれ」レイフがさえぎった。「ぼくが同じ気持ちじゃないと、どうしてわかるんだ？」

ニコールは彼と視線を合わせ、そして、目をそらした。「あなたは愛を信じないと言ったでしょう」

「気持ちの急激な変化についていけなかったんだ。きみみたいな人に出会ったのは初めてだった。きみと出会って、きみのたった一人の男になりたいと思った。きみを守り、きみのすべてになりたいと思ったんだ」

ニコールはあえぐように言った。「もうなっているわ」

レイフは目を閉じ、彼女と指を絡めた。「きみが現れるまで本当の愛がどんなものか知らなかった」そして目を開けた。「愛してる、ニコール。出会う前からぼくにはきみが必要だったんだ」

ニコールの目頭は熱くなった。「わたしも愛してる。あなたを守るためならどんなことでもするわ」

レイフはかすれた笑い声をもらした。守る、と言ってくれた女性は初めてだった。「ぼくは世界一幸運な男だよ」彼はニコールにキスをした。

「あなたはわたしの夢をすべてかなえてくれたわ」

彼女は唇を重ねたままささやいた。

「それだけじゃないよ、ニコール。ぼくたちはこれからの残りの人生を、ずっと一緒に過ごすんだ」

三週間後、ジョエルが眠ったあと、ニコールはプールわきの大きなラウンジチェアにレイフと一緒に座り、頭と背中を彼に預けていた。ここより心地いい場所は世界じゅうのどこにもないだろう。

レイフの腕の中にいると、彼に包まれているように感じる。

「幸せかい？」レイフは吐息をつき、星空を見上げた。

ニコールは微笑み、いまこの瞬間を味わうように両目を閉じた。「ええ。あなたは？」

「夢見てきた以上に幸せだよ」

ニコールは顔を上向けてキスをした。軽いキスのはずだったが、レイフはそれでは満足しなかった。ようやく彼が唇を離したとき、ニコールは彼の目を見つめ、信じられないほどの幸せに身震いをした。

レイフの胸にもたれながら、ニコールは彼の手のひらをなでた。「愛し合っていることはわかっていても、お互いまだ知らないことがあるわ」

「たとえば？」

「わたし、あなたにもっとクルージングの時間があればいいと思っているのよ。海で過ごすほうが気分がいいでしょう。どのくらい時間があればいい？」

「前ほどは必要ないよ」レイフが彼女の髪をもてあそぶ。「きみやジョエルといるほうが楽しいから」

ニコールはうなずいた。「じゃあ、出張は？　出かけるとしたら最長でどのくらい？」

「せいぜい一、二週間だな。いずれにしろ、きみとジョエルを連れていかなきゃ無理かもしれない」

「子供のころにペットを飼ったことはある？」ニコールはきき、徐々に重要な話題へ近づけていった。

「父が生きていたころに野良犬を拾ったんだけど、里子に出されるときに手放さなきゃならなかった」

レイフの寂しさを癒《いや》したくて、ニコールは彼の手を唇へ持っていった。「犬の世話は手伝った？」

「ああ、交替でね。どうして？　ジョエルが犬を欲しがっているのか？　それならオーケーだよ」

「よかった」ニコールはうわの空で答えた。「あなた、おむつを替えたことはある？」

「記憶の限りだとないけど。どうしてだ？」

「ええと、ほら、名づけ親だから、ジュリアからシドニーを預かるかもしれないでしょう」ニコールは彼を見上げた。「そのときは手伝ってくれる？」

「おむつ替えを？」

ニコールはうなずいた。「それから、夜中に起きたときにあやすとか、お風呂に入れるとか」

レイフはせき払いをした。「練習は必要かもしれないけど、まあ、いいよ。わかった」

「よかった。手伝ってくれるのね」ニコールは微笑み、顔を上げた。「実はわたし、妊娠しているの」

レイフは目をしばたたいた。「なんだって？」

「わたし、妊娠しているのよ」

「でも、避妊をしなかったのは一回だけだ」

「そうよ。あなたは一回で妊娠するとは限らないって言ったけど、でも、できたのよ」

レイフは驚いた顔でしばし彼女を見つめていた。

ニコールは苛立《いらだ》ちを感じた。「こういうときはこう言うものよ。〝すばらしいニュースだ。きみはぼくを世界一幸せな男にしてくれたよ〟って」

「言おうと思っていたことを先に言われたな」

ニコールは彼を軽くパンチした。「よく言うわ」

レイフはニコールの髪をなでた。「本当なのか？」

ニコールはうなずいた。「妊娠検査薬で二回調べたし、今朝、お医者さんへも行ってきたわ」

レイフはいったん目を閉じてから目を開けた。気のまわらない妻なら、夫の目が潤んでいることを指摘しただろう。「きみは？　どんな気持ち？」

「じっとしていられないくらい幸せよ」

「愛しているよ、ニコール。これからのことが楽しみでたまらない。一歩一歩、一日一日、きみがぼくの夢をかなえてくれるんだ」

ハートに きらめきを
ハーレクイン

プレイボーイ卒業宣言
2011年1月5日発行

著　　者	リアン・バンクス
訳　　者	大田朋子（おおた　ともこ）
発 行 人	立山昭彦
発 行 所	株式会社ハーレクイン 東京都千代田区外神田 3-16-8 電話 03-5295-8091（営業） 03-5309-8260（読者ｻｰﾋﾞｽ係）
印刷・製本	大日本印刷株式会社 東京都新宿区市谷加賀町 1-1-1

ISBN978-4-596-51423-3 C0297

1月20日の新刊 発売日1月14日

※地域および流通の都合により変更になる場合があります。

愛の激しさを知る ハーレクイン・ロマンス

シークと偽りの花嫁	ケイト・ヒューイット／深山 咲 訳	R-2574
禁じられたデッサン	クリスティーナ・ホリス／平江まゆみ 訳	R-2575
新妻を演じる夜 （麗しき三姉妹Ⅰ）	ペニー・ジョーダン／柿原日出子 訳	R-2576
百万ドルの愛人	トリッシュ・モーリ／槙 由子 訳	R-2577
キスは復讐の味	ケイト・ウォーカー／中村美穂 訳	R-2578

ピュアな思いに満たされる ハーレクイン・イマージュ

涙がこぼれるその前に	ニーナ・ハリントン／琴葉かいら 訳	I-2144
秘書の失恋日記	ジェシカ・ハート／佐藤利恵 訳	I-2145
雷鳴の夜	ジェシカ・スティール／愛甲 玲 訳	I-2146

この情熱は止められない！ ハーレクイン・ディザイア

砂上の恋	ジェニファー・ルイス／高橋美友紀 訳	D-1426
午前零時にさめる夢	サラ・オーウィグ／西江璃子 訳	D-1427
みじめな人魚姫	ロビン・グレイディ／北園えりか 訳	D-1428

人気作家の名作ミニシリーズ ハーレクイン・プレゼンツ 作家シリーズ

旅立ちの大地Ⅰ 初恋は永遠に	エマ・ダーシー／藤村華奈美 訳	P-383

お好きなテーマで読める ハーレクイン・リクエスト

仕組まれた一夜 （初めて出会う恋）	アネット・ブロードリック／山口西夏 訳	HR-304
ささやかな過ち （ボスに恋愛中）	キャシー・ウィリアムズ／愛甲 玲 訳	HR-305

ハーレクイン社公式ウェブサイト

PCから ➡ http://www.harlequin.co.jp/ シリーズロマンス（新書判）、ハーレクイン文庫、MIRA文庫などの小説、コミックの情報が一度に閲覧できます。

携帯電話から ◆小説 ➡ http://hqmb.jp ◆コミック ➡ http://hqcomic.jp 携帯電話のURL入力欄に入力してください。

愛の激しさを描いて読者の心を釘付けにする
ペニー・ジョーダンの3部作スタート

妻のふりをすれば良いと思っていた愛なき結婚。でも彼のセクシーな魅力に屈しそうで。

〈麗しき三姉妹 I〉『新妻を演じる夜』

●ハーレクイン・ロマンス　R-2576　**1月20日発売**

ケイト・ヒューイットが描く心と体に傷を持つシークとの恋

4年間の秘密を告白するために再会した彼は、痛々しいほど変わり果てていた。

『シークと偽りの花嫁』

●ハーレクイン・ロマンス　R-2574　**1月20日発売**

心やさしいヒロインが読む人の心を温めるジェシカ・スティール

共に暮らさずにいた形だけの夫との再会。8年前のあの夜に見た彼の優しさがよみがえり…。

『雷鳴の夜』

●ハーレクイン・イマージュ　I-2146　**1月20日発売**

ジェニファー・ルイスの砂漠の国を舞台にしたロマンス

ホテル経営者のサリムは愛するシーリアを2度捨てた。彼女が身ごもっているとも知らず。

『砂上の恋』

●ハーレクイン・ディザイア　D-1426　**1月20日発売**

ロビン・グレイディのロマンティックでセクシーな億万長者との恋

見ず知らずの男女が惹き付けられるがまま交わしたキスは、ある共通の過去に辿りつく。

『みじめな人魚姫』

●ハーレクイン・ディザイア　D-1428　**1月20日発売**

人気作家ジュリア・ジャスティスのリージェンシー

私を救ってくれた彼には、ハンサムで親切な顔に隠した秘密があった…。

『男爵の花嫁』

●ハーレクイン・ヒストリカル・スペシャル　PHS-9　**好評発売中**